Lloyd E. Hill

Der Kater, der aus dem Dschungel kam

Aus dem Amerikanischen von
Sabine Steinberg

Lloyd E. Hill

DER KATER, DER AUS DEM DSCHUNGEL KAM

Roman

ECON Verlag
Düsseldorf · Wien · New York · Moskau

Dieses Buch ist mit Liebe gewidmet

Sonya Angela
Lloyd Joaquim
Mary Jane
Angela Nicole
Ashley Ann
Kimberly Nicole
Kevin Daniel
und Jennifer Marie

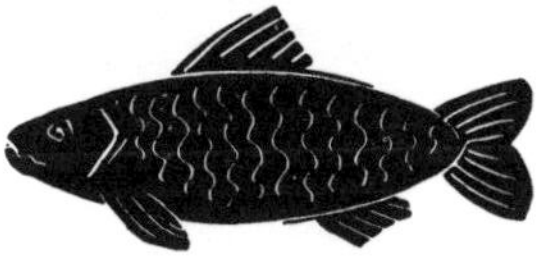

INHALT

WAS WIR ALS ERSTES VON BOM JESUS HÖREN

O Bom Jesus war eine äußerst rätselhafte Schildpattkatze. Ein wunderlicher Einfall in einem Land, das Phantastereien normalerweise nicht zuließ. Eine Katze, die sich für einen Hund hielt.

An den schlammigen Ufern des Juruáflusses gab es nur wenige Katzen. Eines frühen, regnerischen Morgens jedoch fand die durchnäßte Mutter von Bom Jesus irgendwie von irgendwoher ihren Weg zur Türschwelle eines gewissen João Daví, eines knorrigen, wettergegerbten alten Fischers, der am Rand des winzigen Weilers Guajará wohnte.

João Daví wußte nicht genau, wie alt er war: nur, daß er vor der Jahrhundertwende geboren war. Auch, daß es in der Tat sehr lange her war, daß sein nun schneeweißes Haar dunkelbraun gewesen war. Er erinnerte sich auf die Stunde genau an den Tag, als vor elf Jahren seine Frau, Dona Maria, an einem unbekannten Fieber hier an den toten Flußarmen dieser Region, die von gebildeteren Brasilianern »die Rückseite der Welt« genannt wurde, gestorben war. Er wußte auch fast auf den Tag genau, wann jedes seiner acht Kinder auf der Suche nach einem neuen Leben dreißig Kilometer flußaufwärts in die kleine Stadt Cruzeiro do Sul oder flußabwärts in die dunstige Umgebung der mehrere hundert Kilometer entfernten Metropole Manaus gezogen war. Der letzte Sohn, der ihm geblieben war, hatte sich eines Tages mit einem Kanu nach Belém aufgemacht, einer Stadt an der Amazonasmündung, Tausende von Flußkilometern entfernt. Tagelang war er gerudert oder hatte sich mit der Strömung den gewundenen Juruá hinuntertragen lassen, bis zu dessen Mündung in den Solimões (der Name, den die Brasilianer diesem Abschnitt des Amazonas gegeben haben). Dort verkaufte er sein Kanu und buchte eine Passage auf der *Lauro Soudré*, einem dieser von den Holländern gebauten Schaufelraddampfer, die die Flüsse Nordbrasiliens befahren. João Daví bezweifelte, daß er ihn jemals wiedersehen würde.

Da er das Leben in einem geräuschlosen Haus ohne Lachen, Schreien, Weinen und Unterhaltung nicht gewöhnt war, nahm er alle streunenden Tiere auf, die sein Haus unfehlbar als das sympathischste in der ganzen Gegend empfanden. Zu seiner neuen Familie gehörten ein Nasenbär namens Rabão, ein Papagei namens Bobão, drei Hunde – ein Weibchen und zwei Rüden – namens Cebolinha, Rato und Peixe, und ein Eichhörnchen, für das ihm nie ein Name eingefallen war.

In diesem kleinen Zoo fand Bom Jesus' Mutter Aufnahme, wenn auch erst, nachdem Cebolinha, Rato und Peixe von dem alten Mann mit Schlägen zurechtgewiesen worden waren. Bom Jesus' Mutter und Cebolinha hatten eins gemeinsam: sie hatten beide dicke Bäuche mit quirligem Nachwuchs.

Eines Morgens um zwei Uhr früh warf Cebolinha unter dem leisen Schnarchen aus João Davís Hängematte und dem gedämpften Rascheln der Fledermäuse im Palmwedeldach ihre ersten Jungen. Sechs mausgroße Welpen. Und, als sei sie eifersüchtig, hatte auch Bom Jesus' Mutter ihren ersten Wurf: fünf winzige, gefleckte Kätzchen, die, voller Überraschung darüber, daß sie nun geboren waren, miauten.

Um zehn Uhr an diesem Morgen steckte der alte Mann seinen Kopf aus dem Fenster und rief nach seiner Lieblingsnachbarin, einer Siebenjährigen mit rabenschwarzen Haaren und dem Namen Maria Fatima de Souza. »Fatima. Komm her. Sieh mal, was ich heute morgen gefunden habe.«

»Was denn, *seu* João?« fragte sie. »Ich muß Medizin von *seu* Estevão holen.«
»Komm her und sieh es dir an. Es ist eine Überraschung.«
Als sie das hörte, kam Fatima über die gefährlich morschen alten Holzstufen gerannt und fand sich einem höchst wundersamen Anblick gegenüber. Seite an Seite lagen Cebolinha und Bom Jesus' Mutter da, und um sie herum wuselten elf geräuschvoll schmatzende kleine Knirpse.
»Oh, *seu* João. Wie schön. Guck mal, Cebolinha hat ein Kätzchen, und deine Katze hat zwei kleine Hündchen. Sie sind alle ganz durcheinander.«
Der alte Mann lachte. »Schön, ja. Aber was soll ich mit elf weiteren hungrigen Mäulern anfangen? Ich habe jetzt die einzige Menagerie im Ort. Wahrscheinlich sogar die einzige im Umkreis von tausend Kilometern.«
»Was ist eine Menagerie?«
»Das ist ein Ort, an dem alle möglichen seltsamen Tiere gehalten werden. Ich habe vor vielen Jahren einmal eine in São Paulo gesehen.«
»Ich werde sie für dich versorgen«, erklärte Fatima.
»Ich hätte liebend gerne, daß du sie für mich versorgst, meine süße Fatima. Aber du weißt, daß deine Mutter dir nicht erlaubt, Tiere im Haus zu halten.«
»Och, *Mamãe* ist gemein. Warum kann sie Tiere nicht leiden? Sie sind so niedlich.«

»Deine Mutter ist nicht gemein. Sie möchte nur ihr Haus sauber halten«, erwiderte der alte Mann.
»Weißt du, was wir machen? Du suchst dir ein Kätzchen aus, und wir bringen ihm bei, durch das Fenster in dein Zimmer zu springen. So kannst du mit ihm spielen, wann immer du willst.«
»Ja. Du bist so schlau. Kann ich mir jetzt schon eins aussuchen?«
»Ja, sicher. Ich gehe für dich die Medizin holen, und du kannst solange auf sie aufpassen. Such dir das schönste aus.«
Der alte João machte sich auf den Weg zu *seu* Estevãos Haus, und Fatima wandte sich ihrem neugefundenen Schatz zu. Welches sollte sie nehmen? Welches? überlegte sie. Plötzlich blieben ihre großen braunen Augen auf dem gefleckten Kätzchen haften, das irrtümlich Cebolinha für seine Mutter gehalten hatte.
»Du armes, blindes, kleines Ding«, sagte sie laut. »Weißt du nicht, wer deine Mutter ist? Hoffentlich hast du blaue Augen.«
Vorsichtig ergriff sie den warmen, weichen kleinen Körper und drückte ihn an sich. Gleichzeitig streichelte sie Cebolinha, um ihr die Angst um ihr adoptiertes Kind zu nehmen.
Während die beiden Mütter angstvoll zusahen, betrachtete Fatima ihr neues Haustier sorgfältig und streichelte vorsichtig seinen Kopf. Auf der Suche

nach der Zitze, die es verloren hatte, nuckelte es an ihren Fingern.
Es hatte einen fast ganz weißen Kopf, nur ein schwarzer Fleck um das Mäulchen ließ es so aussehen, als habe es einen Bart. Der Körper war in allen Katzenfarben gefleckt. Und wenn seine Augen nicht blau waren? Aber vielleicht waren sie es doch. Die Augen seiner Mutter waren von einem hellen Kornblumenblau.
Ohne Rücksicht darauf zu nehmen, ob das Kätzchen weiblich oder männlich war (es wuchs zu einem riesigen, manchmal wilden, manchmal ausgesprochen lieben und freundlichen Kater heran), beschloß Fatima, es »Baby Jesus« zu nennen. Da sie aber auf einmal das Gefühl hatte, das könnte respektlos sein, taufte sie es respektvollerweise wieder um in »Guter Jesus«, *Bom Jesus.*
Als die Kätzchen drei Wochen alt waren, verschwand ihre Mutter – wahrscheinlich fiel sie einem hungrigen Jaguar, der die Farmen in der Umgebung unsicher gemacht hatte, bevor er von einem Rudel von Dorfhunden vertrieben worden war, zum Opfer. Oder auch, sie wurde das Opfer eben dieses Rudels. Niemand fand es je heraus.
Das war ein unwillkommenes und trauriges Dilemma für den alten João Daví und Maria Fatima. Cebolinha war glücklicherweise daran gewöhnt, Kätzchen und Welpen gleichermaßen zu säugen. Aber elf? Sie lösten schließlich das Problem, in-

dem sie Cebolinha mit allen Arten von Fleisch vollstopften – ausgewählte Stücke Rindfleisch, Ameisenbär, Leguan und gelegentlich einen gebratenen Piranha – und indem sie sicherstellten, daß jedes der elf Kleinen seinen Anteil bekam. Als sie älter wurden, tauschte João frisch gefangenen Flußwels gegen frisch gemolkene Kuhmilch ein und fütterte sie damit. Alle überlebten und wurden rund und gesund.

Vier der Schildpattkatzen wurden ganz normale Katzen, von der Natur mit dem versehen, was Katzen tun und wie sie sich benehmen. O Bom Jesus nicht. Bom Jesus liebte den erdigen Hundegeruch seiner Ziehmutter Cebolinha. Diese trug ihren Namen »Kleine Zwiebel« zu Recht. Sie liebte es, sich mit den Nachbarsschweinen herumzuwälzen, mit ihrer feuchten Nase in Kuhfladen herumzuschnüffeln und jedes seltsame Tier, dem sie begegnete, zu jagen. Die den Menschen widerstrebenden Gerüche, die sie ins Haus brachte, rochen für Bom Jesus wie das herrlichste Katzenparfüm.

Bom Jesus fand mehr Gefallen daran, sich mit seinen Hundeschwestern und -brüdern zu balgen, sie zu lecken und mit ihnen zu schlafen, als mit seinen Katzengeschwistern. Wenn allerdings die Welpen von seinen rauhen Spielen genug hatten, wandte er sich den ausgeruhten Kätzchen zu, bis sie es schließlich satt hatten und sich ein Versteck suchten, in dem sie ihr Fell lecken und ein Nickerchen machen konnten. Mit den Jahren verstreuten sich die Kätzchen und die Hunde auf alle möglichen Leute nah und fern. Nicht so Bom Jesus. Fatima und João hatten einen lieben Freund und treuen Verbündeten gefunden, mit dem sie dem manchmal gefährlichen Leben in diesem Niemandsland trotzen konnten.

Bom Jesus war eine seltsame, beliebte Persönlichkeit, die oft zum Mittelpunkt von Gesprächen der Dorfbewohner am Abendbrottisch oder auf dem Schulhof wurde. Niemand konnte sich erinnern, jemals eine männliche Schildpattkatze gesehen zu haben. Besonders häufig wurde über ihn bei einer Flasche Wermut oder *cachaça* in der Eckkneipe gesprochen.

Debatten über seine Nützlichkeit im Verhältnis zu seiner Nichtsnutzigkeit wurden meistens zu seinen Gunsten entschieden. Zu seinen schlechten Angewohnheiten gehörten die Jagd auf Hühner (nach ein paar schmerzenden Hieben mit Besen und Stöcken lernte er, sich diesem kurzweiligen Vergnügen nicht mehr hinzugeben) und das Hineinschleichen in fremde Häuser spät in der Nacht. Dort untersuchte er geräuschvoll Schränke und Schlafzimmer; oft wälzte er sich auch in Blumenbeeten und staubte sich gründlich ein.

Was diese eher lausbübischen Missetaten jedoch überstrahlte und bei weitem überwog, war eine entschieden hilfreiche Wohltat, die er dem ganzen

Ort erwies. Er hielt den Einwohnern alle Giftschlangen, die aus den sumpfigen nahen Flußgründen hereinkamen, vom Leibe. Mit sicherem Instinkt ließ er die harmlosen Schlangen meistens in Ruhe, außer natürlich, wenn er in besonderer Spiellaune war.

Für Bom Jesus war eine ärgerliche Schlange ein herrlicher Spielgefährte. Wie ein geschickter Mungo wurde er ein Experte darin, ihren tödlichen Bissen auszuweichen. Für gewöhnlich sprang er hoch in die Luft und landete am hinteren Ende der Schlange, bevor sie sich noch ganz aufgerollt hatte. Manchmal sprang er, um dem Spiel eine andere Wendung zu geben, rückwärts und kam fast, aber nicht ganz, in Reichweite der scharfen Giftzähne wieder zum Stehen. Einmal beobachtete jemand, wie er ruhig einen Schritt zur Seite trat, beinahe als imitierte er einen aufrechten Stierkämpfer, wobei er um Schnurrhaaresbreite verhinderte, gebissen zu werden.

Nachdem er seine einstigen Spielkameraden ins Jenseits befördert hatte, schleppte Bom Jesus sie zum nächstgelegenen Haus und legte sie dort auf die Vordertreppe. Das war seine Bezahlung für das Futter und die Schüsseln voller Milch, die die freundlichen Dorfbewohner ihm hinstellten, wann immer er während der Mahlzeiten auftauchte. Er fand wahrscheinlich nie heraus, daß seine Geschenke heimlich im Garten vergraben oder in den Fluß geworfen wurden.

Bom Jesus' Großzügigkeit mit seinen toten Schlangen verursachte große Aufregung, als er eines Nachts eine besonders große und giftige Lanzenotter in das Einzimmerhaus der Witwe Dona Pipira anschleppte. Dona Pipira war neben Fatima, João Daví und Fatimas Freundin Mariquinha sein Lieblingsmensch. Sie versorgte ihn nicht nur mit Milch und übriggebliebenen Knochen, sie stellte für gewöhnlich auch eine schmackhafte Fischsuppe unter den Tisch, wenn sie seine nächtlichen Besuche erwartete. In dieser Nacht nun war Dona Pipira nebenan bei ihren Nachbarn zu Besuch. Bom Jesus wich von seiner üblichen Sitte ab, die Schlange auf die Vordertreppe zu legen, und überlegte sich, daß er die Lanzenotter, da sie so ein besonders feines Exemplar des unrühmlichen Schlangengezüchts war, auf ihren Tisch legen wollte.

Mit viel Gezerre und anstrengendem Geziehe gelang es ihm, seine gutgemeinte Aufgabe zu erledigen. Als er sich gerade gesetzt hatte, um zu verschnaufen und sein Werk zu bewundern, kehrte die Witwe mit einer Kerze in der Hand zurück. Als sie das schreckliche Geschenk sah, entfuhr ihr ein Schrei, der den halben Ort aufweckte. Und wie es ihre Gewohnheit bei äußerstem Schrecken war, fiel sie in Ohnmacht, mitten zwischen ihre Töpfe und Pfannen, was einen solchen Krach verursachte, daß die andere Hälfte des Ortes aufwachte. Dadurch wiederum geriet Bom Jesus außer sich. Er sprang gegen die Wand, prallte auf den Tisch zurück und floh durch das Fenster, wo er mit ausgestreckten Krallen auf dem Rücken von Dona Piras Kuh landete. Das veranlaßte die Kuh zu so einem lauten Muhen, daß der ganze Dschungel lebendig wurde und alle möglichen Töne erschreckter Tiere erschollen.

Es dauerte fast eine Stunde, bis alles wieder ruhig war. Nachdem sich sämtliche Nachbarn vergewissert hatten, daß nichts passiert war, gingen sie einer nach dem anderen wieder nach Hause. Dona Pipira hatte überlebt; sie war zwar noch geschwächt von dem Schock, erholte sich aber bereits wieder, und Bom Jesus war in Fatimas Zimmer geschlüpft und auf ihrem Bett eingeschlafen, wobei er von Schlangen, Schreien und allerlei Hexenzeug träumte.

Die warmherzige Dona Pipira vergab Bom Jesus, mußte sich jedoch von da an immer ein Herz fassen, bevor sie ihr Haus nach Einbruch der Dunkelheit betrat, da sie einen weiteren von Bom Jesus' durch und durch ekelerregenden toten Freunden erwartete.

Dies war nur einer von vielen ähnlichen Zwischenfällen im Leben der Ortskatze. Den meisten Ärger hatte er mit seiner Jagd auf kleine Tiere – nicht, um sie zu töten, sondern um herauszufinden, ob sie spielen wollten oder nicht. Einmal verlor er einen Zeh an einen gefräßigen Piranha, als er versuchte, am Ufer eines schlammigen, schwarzen Sees, der mit düsterer, aber verständlicher Logik *O Lago das Mortes*, der See der Toten, genannt wurde, einen Frosch zu fangen.

Bei einer anderen Gelegenheit fiel er in denselben übelriechenden, trüben See, nachdem er auf einem morschen überhängenden Ast, der unter seinem Gewicht zusammenbrach, vergeblich Jagd auf einen Schmetterling gemacht hatte. Dieses Mal entkam er den Piranhas, hatte allerdings das Pech, daß er einen schmerzhaften Schlag von einem hungrigen Zitteraal versetzt bekam. Er zitterte fast noch eine ganze Woche danach.

Um diese Ereignisse herum entstanden kleine Legenden, die im Lauf der Jahre immer heroischer oder alberner wurden.

Bom Jesus schloß Freundschaft – oder prügelte sich abwechselnd – mit jedem Hund in Guajará. Er jagte mit ihnen wilde Tiere, tobte mit ihnen herum und lag oft zum Schlafen und Herumlümmeln bei seinen größeren, hechelnden Gefährten. Er konnte zwar nicht bellen, knurrte aber durchdringend und furchterregend. Besucher, die in den Ort kamen, alles rauhe Bewohner des Grenzlandes und an schnappende Köter gewöhnt, bekamen es mit der Angst zu tun, wenn eine riesige, narbenübersäte, backenbärtige Katze sie von weitem musterte und sie nur vorbeigehen ließ, nachdem sie ihre Füße beschnüffelt hatte, so als ob sie sie warnen wollte,

daß sie sich an sie erinnern würde, falls es ihnen einfallen sollte, sich schlecht zu benehmen. Katzen tun so etwas einfach nicht.
Eine arme Nonne, die gekommen war, um den Dorfbewohnern während der Abwesenheit des Priesters bei der Novene zu helfen, und die beileibe kein rauher Grenzlandbewohner war, rannte schreiend durch die staubigen Straßen und schrie immer wieder: »Verrückte Katze! Verrückte Katze!« Als sie sich beruhigt und man ihr gesagt hatte, daß es nur der »gute Jesus« war, der sie gejagt hatte, war ihr erster, noch wirrer Gedanke, daß, lieber Gott, diese Menschen sofort einen Priester brauchten!
João Daví merkte schnell, daß Bom Jesus ein besserer Jagdgefährte war als seine drei Hunde. Er bewegte sich leiser als sie durch das dichte Unterholz und spürte, ohne sich auch nur einmal zu irren, alles Wild auf, das der alte João mit seinem rostigen Vorderlader erlegte. Er besaß jedoch einen schlimmen Fehler. Wann immer der alte Mann ein Tier erlegte, brachte Bom Jesus es zurück, wenn es klein war, oder er setzte sich, wenn es groß war, obendrauf und miaute so lange, bis sein Herr ihn fand; war es jedoch ein Vogel, überkam ihn seine Katzennatur, und er brachte meistens nur ein Büschel Federn zurück.
Bald liehen sich alle Jäger Bom Jesus aus. Von nun an waren die Speisekammern nur noch selten leer. Seine schlechte Angewohnheit, Vögel zu fressen,

nutzten die Jäger zu ihrem Vorteil aus. Sie schossen einfach mehr, als Bom Jesus' Magen vertragen konnte. Deshalb war er immer ganz wild darauf, mit jedem, der nach ihm Ausschau hielt, auf die Jagd zu gehen. Selbst Paulo Moraes, der seinen Lebensunterhalt mit Fallenstellen verdiente, lieh ihn sich für kurze Ausflüge in den Dschungel aus. Nur wenige Außenseiter kamen so weit den Juruá hinauf. Die meisten von ihnen waren irische und deutsche Priester und Nonnen. Einer von ihnen, Father O'Malley, besuchte Guajará einmal im Monat, um die Sonntagsmesse abzuhalten. Es machte ihm immer Freude, Bom Jesus auf lange Spaziergänge in den Wald mitzunehmen. Auch der alte Estevão, der stundenlang Kräuter und Wurzeln sammelte, liebte das. In seiner freien Zeit begleitete Father O'Malley Estevão und Bom Jesus auf diesen Sammelzügen. Das war schon ein seltsamer Anblick: ein großer, grünäugiger Priester, ein gebeugter alter Mann und ein Schildpattkater, die durch eine moosbewachsene Lichtung streiften und scheinbar ganz gewöhnliche Blätter oder ein Stück rauhe Baumrinde genau untersuchten.

Ein seltsamer Anblick? Ja. Aber nicht seltsamer als viele andere. Wissen Sie, die Sümpfe und Urwälder des Juruá beherbergen eine Vielzahl seltsamer Dinge, und wir haben viele Geschichten aus Guajará, der Heimat von Bom Jesus, gehört.

EINE NEUE ART VON CURANDEIRO

Mit dem gleichen Flugzeug wie der vorläufige Präfekt der neu geschaffenen Präfektur in Guajará kam ein Südbrasilianer aus São Paulo in Cruzeiro do Sul an. Sein Name war Adão Braga Oliveira. Er war etwas mehr als durchschnittlich groß, hatte schwarzes Haar, braune Augen und eine blasse, zum Sonnenbrand neigende Haut. Obwohl er nicht stämmig war, erweckte er den Eindruck äußerster körperlicher Stärke.

Die lange Reise von der Landeshauptstadt Manaus kann einen Tag oder auch zwei Wochen dauern, je nach der Dauer der Zwischenaufenthalte. Diese

Reise gehörte zu den zeitaufwendigeren – eine Woche und fünf Tage. Während dieser endlos langen Tage und Nächte wurden *seu* Jader, der vorläufige Präfekt, und Adão enge Freunde. Sie erkannten sich als Gleichgesinnte, die sich für alle Themen interessierten, ob sie nun irdisch, weltlich oder geistlich waren.

Der Präfekt faßte eine tiefe Neigung zu dem jüngeren Mann – 26 Jahre gegenüber seinen 41 – und überredete ihn, seinen ursprünglichen Plan, eine Farm und eine kleine Kautschukplantage in Acre aufzubauen, aufzugeben und statt dessen Land an der Grenze, in seiner neuen Präfektur, im Staat Amazonas zu kaufen oder zu pachten. Als sie die eineinhalbstündige Bootsfahrt flußabwärts von Cruzeiro do Sul nach Guajará hinter sich gebracht hatten, hatte der Präfekt Adão bereits als Teilzeitsekretär eingestellt. So konnte Adão auf Staatskosten in dem neuen Regierungsgebäude mit seinen zwei Zimmern (ein umgebautes Haus, das frisch geweißt worden war und ein neues Dach mit Ziegeln statt mit Palmwedeln bekommen hatte) wohnen und nebenan bei *seu* Bonifacio und Dona Santa auf Staatskosten essen.

Adão, ein lockerer, ausgeglichener Mann, der sich nie vordrängelte oder sich Vorteile auf Kosten anderer zu verschaffen versuchte, nahm Gelegenheiten, wenn sie sich ergaben, dennoch wahr. Hier wurde der Traum eines Selbständigen Wirklichkeit. Ein Beruf, der ihm freie Wohnung und freies Essen bot und ihm genügend Zeit ließ, um seine Farm aufzubauen. Natürlich nahm er an. Und da es zwischen dem Land in diesem Teil des südlichen Amazonas und dem in Acre keinen Qualitätsunterschied gab, beschloß er, sich in der Nähe niederzulassen.

Statt freies Land tief im Dschungel zu erwerben, kaufte er zweieinhalb Quadratkilometer Wald am Fluß, auf halber Strecke zwischen Guajará und der Ansiedlung Floresta. Mit einem Teil der kleinen Erbschaft, die sein Großvater ihm hinterlassen hatte, zahlte er der Präfektur für das Land eine nominelle Gebühr. Es war Sumpfland, das für die Gummibäume, die er pflanzen wollte, am besten geeignet war.

Mit den Einwohnern von Guajará kam er gut zurecht. Sie waren von Natur aus freundlich, und das war er auch. Er hatte lediglich ein paar kleinere Probleme mit der Sprache. Sein Südstaatenportugiesisch war viel härter und korrekter als die weichere, gedehnte Aussprache dieser *Amazonenses.* Ein paar Wörter waren sogar völlig anders als seine. Aber diese Schwierigkeiten waren schnell beseitigt.

Eine kleine Unvereinbarkeit jedoch konnte er nie überwinden, wie sehr er sich auch bemühte. Er konnte kaum jemanden dazu bringen, ihn Adão zu nennen. Er war immer »*seu* Adão« oder »*O Senhor*« oder »*Senhor* Oliveira«. Andere hätten sich über den

Respekt, der damit ausgedrückt wurde, vielleicht gefreut, nicht so jedoch Adão. In den Tiefen seines Herzens hatte er das Bedürfnis, von jedem akzeptiert zu werden, gleich wie unwichtig jemand in seinem Leben war. Respekt ist jedoch nicht immer vollständige Akzeptanz.
Manche der Gründe für diesen Respekt verstand er. Hauptsächlich lag es an seiner Anstellung in der Präfektur und an seiner Bildung. Ein anderer Grund war ihm nicht von Anfang an bewußt. Das war die Aura des Geheimnisvollen, die seine Ankunft in Guajará umgab. Warum war er gerade hierher gekommen? Warum war er nicht in Gebiete gegangen, in die man viel einfacher gelangen konnte, wie Pará, Minas Gerais oder Mato Grosso? Guajará lag am Ende der Welt. Außer winzigen Ansiedlungen am Fluß und der kleinen Stadt Cruzeiro do Sul drüben in Acre gab es hier nichts. Wenn man die Ufer des Juruá verließ und im Wald irgendeine Richtung einschlug, konnte es einem innerhalb von ein paar Minuten passieren, daß man auf Boden stand, den noch nie ein menschlicher Fuß betreten hatte. Kilometer um Kilometer gab es nichts anderes als Dschungel. Aus dem benachbarten Peru kamen ein paar Flüchtlinge aus politischen oder kriminellen Gründen. War Adão aus diesem Grund gekommen? Hatte er ein schlimmes Verbrechen begangen? War er in undurchsichtige Geschäfte verwickelt? Hatte ihm eine unglückliche

Liebe das Herz gebrochen? Er erklärte seine Gründe nie zufriedenstellend. Seine Antwort, »Weil es hier viele Möglichkeiten gibt«, war zu vage. Abgesehen von diesem kleineren Rätsel jedoch war er wohlgelitten. Und das allein zählte.

Kurz nachdem er sein Land gekauft hatte, begann Adão, vom frühen Morgen bis fast in die Dunkelheit, darauf zu arbeiten. Er rodete es von Bäumen und Büschen. Abends tippte er gelegentlich Briefe für den Präfekten, und sonntags ging er gerne fischen oder jagen und trank mäßig – zwei- oder dreimal unmäßig – mit den Männern in der *botequim*, die in diesem Fall eine Kombination von Einkaufsladen und Kneipe war. Manchmal besuchte er die Tanzveranstaltungen, die in dem zweiklassigen, hölzernen Schulhaus stattfanden, und flirtete mit den Mädchen aus dem Ort. Alle fanden ihn angenehm, wenn auch etwas zurückhaltend.

Er brauchte vier Monate, um die Teile seines Landes zu roden, die direkt am Fluß und etwas höher lagen. Die Sträucher und die kleineren Bäume zerhackte er mit einer Machete, an die größeren ging er mit einer Axt heran.

Vier Monate waren eine Rekordzeit, selbst für die hart arbeitenden Einheimischen, aber Adão war außergewöhnlich stark, und er kümmerte sich nicht um die Unbequemlichkeiten, die die Arbeit mit sich brachte. Neben der schmerzhaften Anstrengung, den ganzen Tag eine schwere Axt zu schwingen, gab es immer noch zahllose andere Unannehmlichkeiten. Wenn man mit einer Axt an einen Dschungelbaum schlägt, kommt von oben immer etwas herunter, vor allem in Sumpfgebieten. Man muß sich darauf gefaßt machen, daß es beißende Ameisen, stechende Bienen oder Wespen, eine erschreckte Spinne, einen seltenen Skorpion oder eine noch seltenere Schlange regnet. Nicht jeder ist für diese Art von Arbeit geeignet.

Nach der Arbeit ein Bad zu nehmen, war ein weiteres kleines Problem.

Zu Hause, in São Paulo, war Adão daran gewöhnt gewesen, in einem modernen Badezimmer zu baden, mit gefliesten Wänden und Fußboden und einem Duschvorhang für die Intimsphäre. Hier jedoch teilten sich Männer und Frauen einen klaren, idyllischen Dschungelbach mit schnell fließendem Wasser. Das einzige Problem: er war voller Piranhas. Er brauchte eine ganze Zeit, um zu lernen, daß Piranhas im allgemeinen harmlos waren, außer in stehenden Gewässern oder wenn jemand eine frische, stark blutende Wunde hatte, die aus den kleinen braven Flossenwesen unersättliche Beißmaschinen machte.

Zuerst hockte sich Adão am Ufer nieder und schüttete sich Wasser, das er mit einer Kokosnußhälfte aus dem Bach schöpfte, über Kopf und Körper. Weil er sich aber feige vorkam, nachdem er gesehen hatte, daß alle tauchten und schwammen und im großen und ganzen unter diesen schrecklichen Fleischfressern viel Spaß hatten, sprang er schließlich zitternd ebenfalls hinein, wobei er erwartete, innerhalb weniger Sekunden bis zum Skelett abgenagt zu werden. Das war jedoch nicht der Fall. Nachdem zwei Piranhas und ein winziger Flußwels um ihn herumgeschwommen waren, seinen nackten Körper inspiziert hatten und dann ungerührt weitergeschwommen waren, vergnügte sich auch Adão nonchalant (äußerlich, nicht innerlich) damit, sich herumzuwälzen, ein bißchen zu schwatzen, mit Wasser zu spritzen und von seinen neuen Freunden bespritzt zu werden.

Kurz nachdem er die erste Rodungsphase auf seinem Land beendet hatte, passierte etwas, das sein Leben für immer veränderte.

Es war ungefähr vier Wochen vor dem Ende der trockenen Jahreszeit. Er hatte geplant, sich die Zeit mit Jagen und Fischen zu vertreiben, bevor die Regenzeit einsetzte. Und er wollte alle Büsche und Bäume, die er gefällt hatte, anzünden. Damit würde sein Land, abgesehen von den gröbsten Klötzen, sauber sein.

Schließlich konnte er diesen Plan in die Tat umsetzen, aber seine Jagd- und Angelpläne wurden gestört, als der Präfekt zu einem Gespräch mit dem Gouverneur nach Manaus zurückbeordert wurde. Verbunden damit war ein Besuch des Präfekten in den nördlicheren Gebieten des Flusses bei Erunepé. Da er zusätzlich noch eine Woche zu seiner Familie fahren wollte und die Flugpläne sowieso nicht zuverlässig waren, würde *seu* Jader alles in allem mindestens zwei Monate von Guajará weg sein. Der einzige, der ihn während seiner Abwesenheit als Präfekt vertreten konnte, war Adão. Sonst kam keiner in Frage.

Adão haßte die Vorstellung, Präfekt zu sein. Die Arbeit würde zwar leicht sein – Streitigkeiten beilegen, Briefe beantworten und ansonsten faulenzen –, aber jetzt würde ihm noch mehr unerwünschter Respekt entgegengebracht werden. Jetzt würde ihn jeder mit »*Senhor*« anreden.

Aus Freundschaft und Verpflichtung nahm er jedoch mit einem Lächeln an. »Natürlich«, sagte er. »Das wird der leichteste Job sein, den ich jemals gehabt habe. Das ist absolut keine Zumutung.«

Am nächsten Morgen nahm *seu* Jader ein Boot, das nach Cruzeiro do Sul fuhr und Hühner transportierte, die ein Farmer dort auf dem Markt verkaufen wollte. Adão brachte ihn zum Boot, um sich von ihm zu verabschieden. O Gott, dachte er. Was soll ich den Leuten sagen, wenn sie mit ihren Problemen zu mir kommen? »Tu, was du für richtig hältst«, hatte der Präfekt zu ihm gesagt. Das ist alles, was ich machen kann, dachte er. Gott!

An diesem ersten Tag kam Dona Santa von nebenan mit einem Problem zu ihm. Der dreizehnjährige

Sohn des alten Waldir hatte ihrer jüngsten Tochter Suely, die erst zwölf war, nachgestellt und versucht, sie zu küssen. Das ging nun schon die letzten drei Tage so. »Können Sie, *O Senhor*, etwas dagegen unternehmen?«
»Bitte, sagen Sie einfach Adão zu mir. Ich werde mit dem Jungen darüber reden. Ich bin sicher, er hört damit auf.«
»Vielen, vielen Dank. Wenn *O Senhor* heute zum Abendessen kommen, werde ich Ihnen eine ganz besondere Nachspeise machen.«
»Bitte, Dona Santa, machen Sie sich keine Umstände. Das ist meine Aufgabe. Es macht mir Freude.«
Am nächsten Tag sprach *seu* Eduardo, der Klempner, Kerzenmacher und Anstreicher des Ortes, Adão an, während er seiner Klempnerarbeit nachging. Er hatte ein Problem.
»Euer Ehren, Dona Santas Kuh hat ihren Rücken an meinem neuen Schuppen gescheuert, und er ist daraufhin eingestürzt. Er ist vollkommen im Eimer. Dona Santa und ihr Mann haben soviel Geld, sie können sich bestimmt einen Zaun leisten. Reden Sie mit ihnen?«
»Bitte sagen Sie Adão zu mir, *seu* Eduardo. Sicher rede ich mit ihnen. Aber alle Kühe laufen überall herum, und keiner hat mit Stacheldraht eingezäunte Weiden. Vielleicht schreibe ich einen Brief an den Gouverneur. Vielleicht schickt er uns welchen. Ich habe gehört, er soll äußerst großzügig sein.«

»Danke, Euer Ehren. Das ist eine großartige Idee. Ich mache Ihnen heute abend ein paar extra Kerzen.«

»Nein, nein. Machen Sie sich bitte keine Umstände. Ich tue nur meine Pflicht.«

An einem anderen Tag gerieten zwei Nachbarn, Aureliano Vieira und Olmar Corrêa de Bulhões, wegen eines Orangenbaumes, der auf ihrer gemeinsamen Grundstücksgrenze stand, in Streit. »Nach dem, was Sie mir beide erzählt haben und worin Sie sich auch einig sind, haben Sie, Aureliano, den Baum gepflanzt, und seitdem ist er auf Ihren Besitz, Olmar, herübergewachsen. Und nach dem, was Sie mir beide erzählt haben, haben Sie sich in den letzten Jahren die Orangen gerecht geteilt, und Sie, Olmar, haben Aureliano zusätzlich immer noch ein paar Melonen von Ihrem Acker gegeben. Nun, das scheint mir eine gute Vereinbarung zu sein. Meiner Vermutung nach steckt mehr hinter dem Ganzen, als Sie mir erzählt haben. Wenn Sie jedoch eine Entscheidung von mir verlangen, dann rate ich Ihnen beiden, dieses Arrangement in den nächsten zwei Jahren beizubehalten. Dann nämlich plant die Präfektur, Landvermesser zu holen, die alle Grundstücksgrenzen überprüfen sollen. Bis dahin verfüge ich nicht über genügend Informationen, um das beste Urteil fällen zu können.«

Beide Männer waren glücklich mit dieser Entscheidung, und beide boten Adão ein paar Orangen an.

Er weigerte sich, auch nur irgendeine Bezahlung anzunehmen, fand jedoch am nächsten Morgen zwei Körbe voll mit den köstlichen Früchten vor seiner Haustür.
Solche Pflichten, Probleme zu lösen, gab es zum Glück nur einmal am Tag in einem Ort von der Größe Guajarás. An einem besonders arbeitsreichen Tag waren es zwei Probleme. Manchmal gab es gar keine. Wenn es nicht Adãos größter Wunsch gewesen wäre, einfach nur ein ganz gewöhnlicher Ortsbewohner zu sein, hätte er mit Recht sagen können, er habe eine *mamata.* Einen leichten Job.

Dona Santas Haus und das des Präfekten standen, gemeinsam mit drei anderen, auf einem Hügel in Sichtweite des Juruá. Die Häuser jedoch blickten alle auf einen schmalen Flußarm, der ein beliebter Ankerplatz für die kleinen Boote und Kanus war, die den Fluß befuhren. Um von den Häusern zu dem Flußarm zu gelangen, mußte man vom Hügel in die Auen hinuntergehen, die in der trockenen Jahreszeit nicht überflutet waren. Hierzulande waren die Flußauen riesig, und man mußte weit laufen vom Hügel bis zum Wasser.
Das war Adãos Angelgebiet. Obwohl er auf Staatskosten bei Dona Santa aß, trug er gerne seinen Teil dazu bei. Da er die Staatsgelder verwaltete, wußte er, daß die Regierung ihre Rechnungen oft nur schleppend bezahlte. Das lag hauptsächlich am

Bürokratismus und der Abgeschiedenheit des Gebietes.
Der Platz war nicht nur gut zum Angeln, er war auch friedlich. Hier graste das Vieh oft genug, um den Dschungel fernzuhalten, aber nicht oft genug, um das wunderschöne grüne Weideland, das es sich selbst geschaffen hatte, zu zerstören. Auch war man hier vor den allgegenwärtigen Moskitos und *piuns* geschützt. Nur an ganz ruhigen Tagen schwärmten sie und quälten die Leute.
Adão hatte schlecht geschlafen, und deshalb war er früher als gewöhnlich, noch vor dem Morgengrauen, aufgestanden. Mit den Würmern, die er am Abend zuvor ausgegraben hatte, als Köder hatte er, als die Sonne gerade aufging, schon einen halben Korb voller Fische geangelt. Ganz schön, dachte er. Dona Santa wird sich freuen. Neben zahlreichen Piranhas und *mandins* hatte er einen Flußwels, zwei Grundhaie, einen ungefähr drei Pfund schweren *tucanaré* und einen Kugelfisch gefangen. Letzterer hieß *bacú*, und man konnte ihn zwar nicht essen, er gab aber einen hervorragenden Gartendünger ab.
Es war einer jener Morgen, die er als junger Mann in der dichtbesiedelten Stadt São Paulo mit ihren Wolkenkratzern nie erlebt hatte. Die Sonne färbte die Wölkchen über dem Dreifamilienweiler Príncipe auf der anderen Seite des Flusses rosa. Über das dunkle Land unter ihr streute sie ein magisches

grünes Pulver aus ihrer abgenutzten Regenbogentasche. Aus massigen schwarzen Umrissen wurden Bäume. Aus dunklerem Schwarz gegen helleres Schwarz wurde Gras. Aus Schlaf wurde Erwachen. Aus dem Vergessen wurde ein schläfriges Wunder. Ein Hund bellte, eine Kuh muhte, und ein Affe zankte ein kleines schwarzes Eichhörnchen aus, weil es ihm eine leckere Nuß weggeschnappt hatte. Ein Schwarm Papageien flog auf, um die neue Sonne willkommen zu heißen. Ihre Köpfe leuchteten rot im Licht, ihre Schwänze waren noch schwarz von der Nacht. Das Tagwerk begann wieder, mit seinen schmerzenden Rücken und Körpern.

Ein neuer Tag. Ein beunruhigender Tag.

Statt den wunderschönen Morgen zu bewundern, machte sich Adão Sorgen. Er war nun seit drei Wochen Präfekt. Jeder schien mit seinen Entscheidungen zufrieden zu sein. Wie gewöhnlich hatte er sich mit niemandem gestritten. Aber etwas war ganz entschieden nicht in Ordnung. In den letzten zwei Tagen benahmen sich die Dorfbewohner irgendwie anders ihm gegenüber. Sie waren immer noch freundlich, immer noch äußerst respektvoll, aber irgendwie verhielten sie sich reservierter. Niemand blieb mehr bei ihm stehen, um ein Schwätzchen zu halten. Längere Gespräche gab es gar nicht mehr. Man winkte freundlich und rief »*Bom dia*« oder »*Como vai?*«. Nur oberflächliche Grüße.

Auf seinem Weg zum Seitenarm des Flusses hatte

er Jurandyr de Mattos Galvão, einen Kautschukzapfer aus Floresta, getroffen. Er sagte Adão, ihm sei nichts davon bekannt, daß im Ort irgend etwas vorgefallen sei. Aber er sei auch gerade erst angekommen und habe noch mit niemandem geredet. Adão glaubte nicht, daß er die Wahrheit sagte, erwiderte aber nichts.

Vielleicht habe ich irgendeinen sozialen Fehler gemacht, dachte er. Wahrscheinlich habe ich irgendeine falsche Entscheidung als Präfekt getroffen, und keiner hat es mir gesagt. Ich wünschte, ich wüßte es. Da kommt jemand. Sieht aus wie der Polizist. Er ist es. Er wird's mir sagen.

»*Seu* Aldyr, wie geht es Ihnen an diesem schönen Morgen?«

»Gut, Euer Ehren«, kam die übliche, einsilbige Antwort. Unter struppigen grauen Augenbrauen blickte er Adão finster an, aber dann sagte er fast zu freundlich: »Sie haben eine Menge Fische gefangen. Sie sind ein guter Angler. Ich fische auch, aber lieber mit dem Netz. Na, wir sehen uns noch. Ich rudere zu den seichten Stellen am anderen Flußufer.«

So viel hat er noch nie auf einmal geredet, dachte Adão. Er verbirgt etwas vor mir.

Während der ältere Mann hastig in sein Kanu stieg, fragte Adão: »*Seu* Aldyr, stimmt irgendwas nicht? Alle benehmen sich so, als sei etwas passiert.«

»Hier passiert doch nie was. Eduardos Sohn, Nelson, ist gestern von einem Baum gefallen und hat sich das Handgelenk gebrochen. Und Moacyr und seine Frau hatten gestern abend Streit. Ich habe gehört, wie sie sich gegenseitig mit Gegenständen beworfen haben. Aber als ich hinkam, schliefen sie beide schon. Bis später«, sagte er und stieß sich bei seinen letzten Worten mit einem gebogenen Ruder vom Ufer ab.

Er redet immer noch zuviel, dachte Adão. Es gibt keinen Zweifel, er verheimlicht mir etwas.

»*Seu* Aldyr . . . warten Sie«, rief er. »Ach, ist schon gut. Bis später.«

Adão grübelte über das Verhalten seines Nachbarn nach. Leute, die zuviel reden, machen kaum den Mund auf. Die, die sonst nie etwas sagen, reden wie ein Wasserfall. Ich werde jetzt jeden fragen, der mir begegnet, bis ich weiß, was los ist.

Da kommt eine Frau den Hügel heruntergelaufen. Nein, keine Frau. Es ist ein Mädchen. Wunderbar. Das ist Suely, Dona Santas Tochter. Wir sind gute Freunde. Sie wird es mir sagen.

Die zwölfjährige Suely lief auf Adão zu. Ihr frischgebügeltes weißes Kleid flog um ihre sonnengebräunten Arme und Beine, und ihr zerzaustes Haar schimmerte im Licht des frühen Tages.

»Adão«, sagte sie atemlos (außer dem Präfekten war sie die einzige im ganzen Ort, die ihn einfach nur Adão nannte), »meine Mutter hat mir aufgetragen, dich zu fragen, ob sie dir die Mahlzeiten nach

Hause bringen kann. Wir haben ein paar Tage Besuch, und es ist nicht genug Platz für alle.«

Verletzt, aber lächelnd antwortete Adão: »Natürlich, es macht mir nichts aus.«

»Adão, darf ich auch angeln?«

»Wenn du möchtest. Aber du wirst dein schönes Kleid schmutzig machen.«

»Nicht, wenn du den Köder festmachst und den Fisch herunternimmst.«

»Ich wußte, daß du das sagen würdest«, erwiderte er. »Ich lasse dich angeln, wenn du mir eine Frage beantwortest.«

»In Ordnung. Welche?«

»Mir kommt es so vor, als ob alle etwas vor mir verheimlichen, und jetzt will deine Mutter mich nicht einmal mehr in ihrem Haus sehen. Sag mir, warum.«

»Aber *Mamae* will dich doch in ihrem Haus haben. Wir haben wirklich nur Besuch.«

»Wer ist euer Besuch?«

»Das darf ich dir nicht erzählen.«

»Ich verstehe«, sagte Adão verblüfft. Sie hatten ihm wirklich alle etwas verheimlicht. »Dann sind sie alle nicht böse auf mich, Suely?«

»Nein, sei nicht albern.«

»Willst du mir das Geheimnis nicht erzählen? Ich sage auch keinem, daß du es mir erzählt hast.«

»*Tá*. Ich erzähle dir mein Geheimnis, wenn du mir auch eins erzählst.«

»Was für ein Geheimnis?«
»Irgendeins.«
»Na ja . . . laß mich mal nachdenken. Na gut. *Seu* Jader schnarcht so laut, daß ich nicht einschlafen kann. Ich kann erst schlafen, seitdem er weg ist.«
»Du bist reichlich albern. Das weiß doch jeder, daß er schnarcht. Hast du nicht daran gedacht, daß ich schließlich direkt nebenan wohne? Das habe ich selbst schon gehört. Ich will ein richtiges Geheimnis.«
Adão dachte einen Moment lang nach. »Ich glaube, alle denken, es gäbe einen geheimnisvollen Grund dafür, daß ich von São Paulo nach Guajará gekommen bin. Wenn ich dir den wahren Grund sage, ist das dann ein richtiges Geheimnis?«
»O ja. Toll. Ich werde es auch keinem weitererzählen.«
»Vergiß es aber nicht. Sag es niemandem weiter.«
»Niemandem. Jetzt mach schnell und erzähl es mir.«
»Ich bin hierhergekommen . . . hm . . . ich bin hierhergekommen, weil ich mit einem Mädchen verlobt war, das . . . mit einem anderen davongelaufen ist. Hier habe ich den größtmöglichen Abstand zu dieser Geschichte.«
»Ist das die Wahrheit?«
»Ja, ich schwöre.«
»Ich wußte, daß das der Grund war. Wenn jemand hier leben will, dann immer, weil er vor etwas

davongelaufen ist. Aber, Adão, sie muß ziemlich dumm gewesen sein. Wenn ich älter und deine Freundin wäre, würde ich bei dir bleiben. Du bist sehr nett. Du wirst nie ärgerlich mit den Leuten.«

»Ich werde auch ärgerlich. Und ich werde ärgerlich mit dir, wenn du mir jetzt nicht sofort dein Geheimnis erzählst.«

Suely sah ihn eindringlich an, und ihre dunklen Augen bohrten sich in seine helleren. »Kannst du *curandeiros* leiden?«

»*Curandeiros*?« erwiderte er. »Ich weiß nicht. Ich hab' mir noch nie Gedanken darüber gemacht. Meinst du die Männer, die die Leute mit Wurzeln und Kräutern und so was behandeln? Ich habe gehört, daß die meisten von ihnen Betrüger sind.«

»Unser *curandeiro* ist kein Betrüger. Er macht die Leute wirklich gesund.«

»Was hat das mit mir zu tun?« fragte Adão.

»Der Präfekt kann *curandeiros* nicht leiden. Er hat zu *seu* Estevão, unserem *curandeiro*, gesagt, er dürfe nicht mehr in Guajará praktizieren. Er hat gesagt, der Polizist würde ihn einsperren, wenn er nicht gehorcht.«

»Ach so, und weil ich jetzt den Präfekten vertrete, solange er weg ist, glauben alle, daß ich den *curandeiro* einsperren lasse. Ist das so?«

»Ja.«

»Und er ist bei euch zu Hause?«

»Ja. Er und seine Tochter und noch ein paar andere Leute.«
»Warum? Warum sind sie da?«
»Weil *seu* Estevão eine Séance abhalten und einen Exorzismus machen will. Margarida, das ist seine Tochter, hat Anfälle: Sie ist von einer toten Frau besessen.«
Diese leise gesprochenen Worte – gesprochen mit der Naivität der Kindheit und doch erfüllt von Wissen um geheimnisvolle und erwachsene Dinge – verwirrten Adão. Er fühlte sich unbehaglich. Er war erleichtert, daß sich die Dorfbewohner nicht wegen ihm persönlich so seltsam verhielten, sondern wegen seiner zeitweiligen Stellung als Präfekt. Die Neuigkeit jedoch, daß es in Guajará einen *curandeiro* gab, war erschütternd.
Adão kannte sich aus mit *curandeiros.* In jedem kleineren Ort in Brasilien gab es einen. Hunderte von ihnen machten die größeren Städte wie Rio de Janeiro und São Paulo unsicher. Es gab sie nicht nur in Brasilien, sondern überall in Südamerika, auch in den spanischsprechenden Ländern. Vereinzelt kamen sie auch in Nordamerika und Europa vor. Ja, Adão kannte sich aus mit *curandeiros.* Er erinnerte sich an einen, der eine seiner Tanten in São Paulo geheilt hatte. Er heilte bei ihr den Krebs, den die Ärzte für inoperabel erklärt hatten. Der *curandeiro* hatte ihren Rücken geknetet, und nachdem er sie dreißig Minuten lang so behandelt hatte,

hatte er den Krebs aus ihrem Körper gezogen, ohne auch nur den kleinsten Schnitt in die Haut zu machen. Die häßliche, blutige Masse in seiner Hand war der Beweis dafür, daß sie für immer geheilt war. Wahrhaftig ein Wunder! Seine Tante lebte nach dieser Behandlung noch glücklich zwei Wochen lang, und dann starb sie an dem Krebs, den der *curandeiro* angeblich entfernt hatte. Der blutige Klumpen, den er aus ihrem Körper gezogen hatte? Ein Stück Kuhleber, das er durch einen Taschenspielertrick in seine Hand befördert hatte.

»Warum bist du so schweigsam, Adão? Wirst du den *curandeiro* einsperren? Bitte nicht. Dann wäre es meine Schuld.«

»Nein, ich sperre ihn nicht ein. Mach dir keine Sorgen. Das würde ihn nicht aufhalten, weil er nicht wirklich gegen das Gesetz verstößt. Aber warum findet das gerade in eurem Haus statt, Suely?«

»Weil er zu weit weg im Dschungel lebt.«

»Das ist keine Antwort«, sagte Adão. »Was spielt es denn für eine Rolle, wo er lebt?«

»Wenn Margarida einen Anfall hat, versucht sie immer, herunter zum Fluß zu laufen. Sie wird ertrinken, wenn es ihr gelingt. *Seu* Estevão hat versucht, sie am Bett festzubinden, aber sie scheuert sich Hand- und Fußgelenke auf und versucht, wegzulaufen, und weil unser Haus das größte im Ort ist, können genügend Leute auf sie aufpassen und sie festhalten, wenn sie weg will. Verstehst du nicht?

Sie ist sehr stark, wenn sie besessen ist. Man braucht wenigstens vier erwachsene Männer, um sie festzuhalten. Und weil ihre wirkliche Mutter tot ist, hilft meine Mutter bei ihrer Pflege, wenn sie ruhig ist. Ich auch. Wir versuchen, sie zu füttern und ihr zu trinken zu geben, und wir baden sie.«

»Das ist ja schrecklich!«

»Ja. Und es macht mir auch angst.«

»Mach dir keine Sorgen«, sagte Adão. »Ich gucke es mir vielleicht mal an, aber ich werde keinem sagen, daß du es mir erzählt hast.«

»Na los«, sagte er. »Du wolltest angeln. Laß uns an schönere Sachen denken.«

»Ja, gut.«

Du lieber Gott. Was für ein Dilemma, dachte er. In São Paulo war alles ganz anders. In Guajará lebt man wie im tiefen Mittelalter. Von Geistern besessen. Kerzen statt Elektrizität. Keine Ärzte ... na, ich werde später darüber nachdenken. Und ich habe gedacht, ich wäre hier glücklich!

Am späten Nachmittag desselben Tages, an dem Suely ihm von dem *curandeiro* erzählt hatte, hatte Adão beschlossen, so zu tun, als wisse er von nichts. Vielleicht würde der Geist heute nacht ausgetrieben werden, und alles würde wieder normal.

Nach einem ausgiebigen, köstlichen Abendessen mit gebratenem Schweinefleisch und Kartoffeln und reifen Mangos zum Nachtisch fühlte sich Adão zu faul, um an diesem Abend aus dem Haus zu gehen. Er freute sich auf die Lektüre eines guten Krimis, den er noch nicht aus seinem Koffer ausgepackt hatte. Vielleicht kann ich den Kopf von all diesen unerfreulichen Dingen freibekommen, dachte er.

Dona Santa hatte ihm sein Essen gebracht, aber später kam Suely und räumte den Tisch ab. Von ihr erfuhr er mehr über den Exorzismus und die unerklärlichen Ereignisse, die ihm vorausgegangen waren.

Soweit sich jeder erinnern konnte, hatte es in Guajará bisher nur einen Fall von Besessenheit gegeben. Das war vor zehn Jahren gewesen. Eine junge Frau, die Mutter von zwei kleinen Kindern, war ernsthaft an Fieber erkrankt. Tagelang hatte sie im Bett gelegen, und schließlich, es sah schon so aus, als würde sie wieder gesund werden, hatte sie begonnen, unverständliche Dinge über ein vorheriges Leben zu stammeln. Laut ihrem Mann und einem Nachbarn hatte sie mit fremder Stimme gesprochen und ihnen gesagt, sie hätte in ihrem früheren Leben Isabel geheißen und wäre unglücklich mit einem Ehemann gewesen, der sie immer verprügelte und ihr keine Kinder machen konnte. Nach dieser kurzen, verständlichen Information begann sie, in einer fremden Sprache zu reden. Später sprach sie davon, daß sie zum Fluß gehen wolle, wo es warm war; wo sie, der Geist, jetzt lebe, sei es

unerträglich kalt. Kurz darauf, bevor sie jemand daran hindern konnte, sprang die Frau durch das Fenster, lief zum Fluß hinunter und stürzte sich hinein. Wahrscheinlich war sie ertrunken. Ihre Leiche wurde nie gefunden.
Suely war davon überzeugt, daß Margarida, die Tochter des *curandeiro*, vom gleichen Geist besessen war. Nicht nur, daß sie auch zum Fluß laufen und sich hineinstürzen wollte, sie sprach auch mit der gleichen Stimme wie die andere besessene Frau, und sie gab sich denselben Namen, Isabel.
Margarida hatte schon seit ihrer Kindheit Anfälle, aber sie dauerten nur kurz, und es lagen Tage dazwischen. Im schlimmsten Fall fiel sie zu Boden und wälzte sich herum. Bei den leichteren Anfällen starrte sie weniger als eine Minute blicklos um sich und sah und hörte nichts von dem, was um sie herum geschah. Als sie dieses Mal einen Anfall gehabt hatte, war sie am Fieber erkrankt, und, wie der *curandeiro* erklärte, in ihrer geschwächten Verfassung ein leichtes Opfer für die böse tote Frau geworden.
Adão war nicht religiös. Er war allerdings auch kein Atheist. Daß es keinen Gott gab, mußte ihm erst noch bewiesen werden. Gelegentlich ging er zur Kirche, allerdings hauptsächlich, weil ihm die Zeremonie gefiel. Aus diesem Grund wollte er das Problem nicht aus religiöser Sicht betrachten. Er wollte es aber auch nicht aus abergläubischer Sicht

sehen. Er hatte Angst vor dem Unbekannten, suchte jedoch nach einer rationalen Erklärung.
Die traurigen Ereignisse vor zehn Jahren waren für Adão eindeutig kein Fall von Besessenheit; nur eine Frau mit hohem Fieber, die sich für jemanden anderen hielt. Bei Fiebererkrankungen kommen Halluzinationen häufig vor.
Obwohl er sich in der Medizin und bei Krankheiten nicht besonders gut auskannte, war Margaridas Fall leicht durch etwas anderes, als übernatürliche Kräfte zu erklären. Sie war wahrscheinlich Epileptikerin. Das in Zusammenhang mit ihrem Fieber und ihrer unzweifelhaften Kenntnis von der angeblichen Besessenheit der anderen Frau war der Grund für ihre Halluzinationen. Es konnte gar keine andere Erklärung geben.
Was ihm allerdings wirklich Sorgen machte, war die Tatsache, daß die Dorfbewohner an solche Dinge glauben konnten. Sicher, die meisten von ihnen konnten weder lesen noch schreiben, und nur ganz wenige kannten mehr von der Welt als ihr Dorf, aber nachdem er sie so gut kennengelernt hatte, wie das ein Fremder in ein paar Monaten tun konnte, fand er sie intelligent, fleißig und praktisch veranlagt.
Der Glaube an Geister kann ansteckend sein, dachte er. Ich werde meine Augen offenhalten, aber ich werde nicht in diese Falle gehen. Das kann unter keinen Umständen noch lange so weitergehen.

Er lehnte sich auf dem einzigen Sessel der Präfektur zurück, legte seine Beine auf den einzigen Schreibtisch und zündcte eine von *seu* Eduardos Kerzen an. Dann schlug er den ungelesenen Krimi auf und versuchte, seine sorgenvollen Gedanken auszuschalten. Nach einer halben Stunde, in der er nur die Hälfte von dem, was er gelesen hatte, verstanden hatte, legte er das Buch nieder. Murmeln drang aus Dona Santas Haus und schlich sich in seinen Kopf, wie sehr er auch versuchte, es zu ignorieren. Zwischen den beiden Häusern stand nur ein alter Orangenbaum.

Um den Geräuschen zu entkommen, nahm er sein Buch und die Kerze und ging in das hintere Zimmer. Er löste seine Hängematte von dem Haken in der Wand und befestigte das eine Ende an einem Haken in der anderen Wand. Da vor den Fenstern keine Läden waren, blies er die Kerze aus und entkleidete sich im Dunkeln. Als er in der Hängematte lag und sich mit einem Laken zugedeckt hatte, um sich vor der kühlen Nachtluft zu schützen, zündete er die Kerze wieder an und stellte sie auf das Fensterbrett. Das Murmeln war zwar nun weniger deutlich, aber immer noch vernehmbar, und es störte ihn auch jetzt noch. Mist, dachte er zornig, ich kann sie immer noch hören.

Wieder löschte er die Kerze, legte sich hin und versuchte, seine Gedanken zu ordnen. Helles Mondlicht brach durch eine Wolke und überflutete das

Zimmer mit gedämpftem Licht. An der Decke tanzten die beiden Geckos, die im Haus lebten, anmutig hin und her und machten Jagd auf die Insekten, die das Kerzenlicht in das Zimmer gelockt hatte. Je nachdem, ob sie in den Mondenschimmer hinein- oder aus ihm heraushuschten, veränderten sie sich von blassen, erkennbaren Wesen in noch blassere Gespenster, und manchmal verschwanden sie in den dunklen Schatten ganz und gar.
Die fröhlich umhertollenden Geckos, das monotone Gemurmel von nebenan und der weiche Schimmer des Mondlichts ließen Adão sanft in den Schlaf gleiten. Er war gerade eingeschlafen, als ein lauter Schlag und ein scharrendes Geräusch ihn wieder hochschrecken ließen. Der Lärm kam von Dona Santas Haus. Die Stimmen wurden lauter. Man konnte einzelne Wörter verstehen.
Ein Schauer lief ihm den Rücken hinunter. Schatten bewegten sich. Ein schwarzer Schatten, der wie ein Mann aussah, stand am Fuß seiner Hängematte.
Gott! dachte er. Wer ist das?
O . . . verdammt! Das sind nur meine Kleider, die an der Wand hängen. Jetzt kann ich bestimmt nicht mehr einschlafen. Ich sehe besser mal nach, was los ist.
Adão stand aus seiner Hängematte auf, zog sich die Hose an und ging im Dunkeln in das vordere Zimmer seines Hauses. Er wußte, daß er spio-

nierte, und hatte auch ein schlechtes Gewissen deswegen, aber er blickte trotzdem durch Dona Santas Vorderfenster, das genau gegenüber von seinem lag.

Wind war aufgekommen, und die Palmwedeldächer raschelten leise. Die Äste des Orangenbaumes schlugen gegen die Seitenwand des Hauses.

Aus dem gegenüberliegenden Fenster drang ein helles, gelbes Licht, als ob viele Kerzen brennen würden. Nur Licht. Stille. Von innen legte sich eine Hand auf das Fensterbrett. Eine alte Hand. Ein Kopf tauchte auf. Graues Haar. Altes Haar. Plötzlich verschwand alles wieder, nur das helle Licht blieb.

Jetzt Stimmen. Gebete, die mit dem Geräusch des Windes und der knarrenden Äste wetteiferten. Die deutlich wurden und wieder verklangen wie von einem entfernten Radiosender.

Eine Stimme, alt, tief: ». . . *nome do Pai e do Filho e* . . .«

Viele Stimmen: ». . . *bendita sois* . . . *as mulheres* . . . *rogai por nos* . . .«

Eine Stimme, alt, tief: ». . . *do Filho e do Espirito* . . .«

Viele Stimmen: ». . . *Nosso Pai* . . .«

Eine Stimme. Die Stimme eines Mädchens, stammelnd.

Der Wind gewann den Kampf. Er wurde stärker, lauter, jagte die Wolken vom nächtlichen Himmel. Die Stimmen sanken wieder herab zum nun schon vertrauten monotonen Gemurmel.

Adão verließ das Fenster und ging zurück zu seiner Hängematte, seinem Buch und seiner Kerze, entschlossen, zu lesen, bis er einschlief.
Er widerstand dem immer wiederkehrenden Impuls, über seine Schulter zu blicken, und zwang sich, sich auf sein Buch zu konzentrieren. Als er aufwachte, schien die Sonne rosig durch das Fenster, sein Buch lag aufgeschlagen auf seiner Brust und die Kerze war zu einem wächsernen Etwas zusammengeschmolzen.

An diesem Morgen brachte Suely ihm zum Frühstück eine Kanne Kaffee und ein paar gebratene Bananen. An den Schatten unter ihren Augen konnte er sehen, daß sie schlecht geschlafen hatte.
»Guten Morgen, Adão.«
»Guten Morgen. Du siehst müde aus. Wie geht es Margarida?«
»Immer noch unverändert. Ich glaube nicht, daß der *curandeiro* den Geist jemals los wird. Das macht einem richtig angst. Glaubst du, er könnte in mich hineinfahren?«
Adão konnte sehen, wie verängstigt sie war, und beruhigte sie hastig. »Nein, natürlich nicht. Hundertprozentig tut er das nicht.«
Was rede ich da, dachte er. Ich spreche davon, als ob es wirklich einen Geist gäbe.
»Meine Mutter schickt uns kleinere Kinder heute abend alle über den Fluß, damit wir bei meiner

Tante schlafen können. Sie hat gesagt, sie hätte nie geglaubt, daß ein Exorzismus so lange dauern würde.«

»Ich weiß, daß er bald vorbei sein wird«, erwiderte Adão. »Aber ich bin froh, daß du heute abend nicht hier schlafen mußt. Suely, sagst du deiner Mutter bitte, sie möchte bei mir vorbeikommen, wenn sie Zeit hat? Ich sollte jetzt wohl lieber nicht in ihr Haus kommen.«

»*Tá*. Ich frage sie. Sie kommt sowieso vorbei, um das schmutzige Geschirr zu holen.«

Als sie zur Tür ging, sagte Adão: »Suely, mach dir keine Sorgen. Alles wird gut werden, ich verspreche es dir.«

»Adão, segnest du mich?«

Gerührt, weil sie von ihm gesegnet werden wollte, erwiderte er: »Gott segne dich. Denk daran, mach dir keine Sorgen.«

Er hatte gerade den letzten Schluck Kaffee getrunken, als Dona Santa in perfektem ungeplanten Timing an seine Tür klopfte.

»Kommen Sie herein.«

»*Bom dia, seu* Adão. Sie wollten mich sprechen?«

Adão bemerkte, daß auch sie Schatten unter den Augen hatte. Dona Santa war eine schlanke Frau. Sie war zwar noch jung an Jahren, aber vorzeitig gealtert durch die ständige Arbeit zu Hause und auf den Korn- und Zuckerrohrfeldern der Familie. Sie ist doch eine intelligente Person, dachte Adão. Wie kann sie so etwas in ihrem Haus zulassen?

»Ja, ich wollte Sie sprechen, Dona Santa. Wie Sie wissen, bin ich während der Abwesenheit des Präfekten sein Stellvertreter. Nun . . . jetzt fange ich auch noch an, eine lange, pompöse Rede zu halten. Ich wollte nur sagen, daß ich Bescheid weiß über den *curandeiro* und über das, was in Ihrem Haus vor sich geht.«

»Hat Suely es Ihnen gesagt?« fragte sie mit einem Scharfsinn, der ihn verblüffte.

»Nein. Keineswegs«, log er. »Es war nicht zu vermeiden, daß ich gehört habe, was in Ihrem Haus los war. Außerdem habe ich herumgefragt, und so habe ich schließlich die ganze Geschichte erfahren.«

»Werden Sie *seu* Aldyr befehlen, den *curandeiro* einzusperren?«

Sorgenfalten erschienen auf ihrem Gesicht, und die Besorgnis in ihrer Stimme war nicht zu überhören.

»Nein. Warum sollte ich? Es gibt keinen Arzt hier, und der *curandeiro* ist Margaridas einzige Möglichkeit. Außerdem ist er ihr Vater. Ich bin sicher, daß er sein Bestes tut. Und ganz abgesehen davon, bin ich nur ein zeitweiliger Präfekt, der von einem anderen zeitweiligen Präfekten eingesetzt worden ist. Ich glaube nicht, daß meine Position, streng gesehen, legal ist.«

Dona Santa lächelte ihn an und fragte: »Wollen Sie

heute abend vorbeikommen? Ich werde dem *curandeiro* erzählen, was Sie gesagt haben. Vielleicht können Sie ja helfen.«

»Ich kann gar nichts tun, ich bin schließlich kein Arzt. Aber ich komme gerne. Vermutlich sollte ich, wo ich schon mal für den Ort verantwortlich bin, wenigstens aus erster Hand über das, was vor sich geht, Bescheid wissen.«

»Danke, *seu* Adão. Sie sind ein guter Mensch.«

»Nein, das bin ich nicht. Aber ich werde kommen.«

Der Tag verging schnell. Zu schnell für Adão. Ihm war nicht ganz wohl bei dem Gedanken, einem Exorzismus beizuwohnen.

Er ging den Dschungelpfad am Fluß entlang zu seinem Land und verbrachte den Tag damit, mit seinem nächsten Nachbarn zu plaudern. Das war der alte Sebastião, der einzige Schwarze und auch der einzige Leprakranke im Ort. Zum Mittagessen teilten sie sich die Orangen und Bananen, die Dona Santa ihm eingepackt hatte.

Bei Einbruch der Dunkelheit war er wieder zurück in der Präfektur. Er hatte Angst davor, nach nebenan zu gehen.

Dona Santas solides altes Haus wirkte von den Ereignissen, die sich in ihm abspielten, niedergedrückt. Es kam Adão so vor, als beobachte es ihn, während er zögernd auf der Treppe, die hinein-

führte, stand. Vielleicht konnte er die Dinge wieder in Ordnung bringen.
Was kann ich bloß machen? dachte Adão. Gar nichts. Warum soll ich überhaupt dabeisein?
Als er das Haus betrat, verstummten die Stimmen. Er sah sich kurz im Zimmer um. Es standen zwei behelfsmäßige Bänke darin und ein paar der handgearbeiteten Stühle, die für diese Region typisch sind. In der entfernten Ecke stand ein Bett. Ungefähr fünfzehn bis zwanzig Menschen, von denen er die meisten kannte, saßen auf den Stühlen und Bänken. Da war Dona Santa; *seu* Bonifacio; *seu* Aldyr, der Polizist; und Moacyr Velho, der Besitzer der *botequim*. Die anderen waren Bauern und Fischer. Zwei waren ihm fremd, Männer aus der Gegend, die meistens im Dschungel auf Jagd waren.
Viele Kerzen brannten, und die Luft war erfüllt von dem schweren blauen Rauch des heimischen Tabaks, der sowohl für die selbstgedrehten Zigaretten als auch zum Stopfen der grob geschnitzten Pfeifen genommen wurde. Diese wurden hauptsächlich von den Frauen geraucht.
Die Hitze war quälend: ungewöhnlich für diese Jahreszeit, da Guajará südlicher und höher lag als die meisten Orte am Amazonas. Quälend waren auch die Moskitos, die in diesem Jahr ungewöhnlich zahlreich vom Fluß heraufkamen. In der heißen, stillen Luft betrieben sie fleißig ihr Gewerbe, für das sie reichlich warmes Blut fanden.

Adão dachte voller Wärme daran, wie dieser Raum früher ausgesehen hatte. Da hatte ein Eßtisch in der Mitte gestanden und eine fußbetriebene Nähmaschine in der Ecke, wo jetzt das Bett stand. Er erinnerte sich an die vielen Mahlzeiten, die er hier eingenommen hatte, und an die langen freundlichen Gespräche, die er mit Dona Santa, *seu* Bonifacio und ihren Kindern geführt hatte. Er dachte daran, wie er ihnen vom weit entfernten São Paulo erzählt hatte und was sie ihm über Guajará und die neuesten Klatschgeschichten gesagt hatten. Die Veränderungen im Zimmer machten den Exorzismus glaubwürdiger, ernsthafter. Hier waren erwachsene Menschen, die glaubten, daß ein Mädchen von einem bösen Geist besessen sei. Kein Wunder, daß Suely solche Angst gehabt hatte.

Während er sich im Raum umsah, nickten alle oder lächelten ihm erkennend zu. Keiner sagte etwas, bis Dona Santa auf ihn zukam.

»*Seu* Adão. Kommen Sie. Ich möchte, daß Sie unseren *curandeiro* kennenlernen.«

Sie gingen durch das Zimmer zu dem Bett, an dem ein alter Mann kniete. Er hatte seine Hand über die seiner schlafenden Tochter gelegt.

Der *curandeiro* stand auf, und Dona Santa stellte sie einander vor. »*Muito prazer*«, sagte der *curandeiro* und ergriff Adãos Hand.

»*Prazer*«, erwiderte Adão lächelnd.

Der *curandeiro* war wahrscheinlich der älteste Einwohner von Guajará. Er war neunundsiebzig – uralt für dieses vergessene Land. Und der Mann mit dem zerfurchten Gesicht und den vom Alter gebeugten Schultern war wahrscheinlich auch der ärmste im Ort. Seine Kleider waren unzählige Male geflickt. Manche der Flicken waren sogar noch einmal geflickt. Für gewöhnlich ging er barfuß, wie die meisten Dorfbewohner. Wenn er jedoch nach Cruzeiro do Sul fuhr, tauchte er seine Füße in ein Faß mit heißem Latex von den Gummibäumen, die hier wuchsen. Wenn er sie wieder herauszog, hatte er ein Paar Schuhe, die einen Tag lang hielten.

So arm er jedoch war, durch Fischen und einen gelegentlichen Schreinerauftrag hatte er es immer geschafft, seine siebzehn Kinder mit Schuhen und Kleidern auszustatten. Alle, mit Ausnahme von Margarida, waren nun erwachsen und von zu Hause fortgegangen. Die sechzehnjährige Margarida war seine Jüngste.

Adão stellte fest, daß der *curandeiro* trotz seines Alters immer noch einen kräftigen Händedruck und eine feste Stimme hatte. Nur seine Augen waren wirklich alt. Sie hatten jene ungreifbare Umwölkung, die manchmal spät im Leben kommt.

»Dona Santa hat mir gesagt, Sie verstünden, was ich zu tun versuche«, sagte der *curandeiro*. »Ich hatte gehofft, daß Sie das würden. Wie Sie sehen können, ist meine Tochter sehr krank.«

Adão wandte sich zu dem Bett, was er bisher vermieden hatte. Er konnte sehen, daß der *curandeiro* die Wahrheit gesagt hatte. Obwohl sie jetzt, mit frisch gekämmten Haaren und sauberen Kleidern, schlief, sah er, daß sie schrecklich ausgemergelt war. Ihre Lippen waren aufgesprungen, und ihre früher einmal liebreizenden Arme und Beine waren mit blauen Flecken übersät. Die blauen Flecke, so sagte man ihm, waren unwillentlich von den Männern verursacht worden, die sie festgehalten hatten, wenn sie versuchte, aus dem Haus an den Fluß zu laufen.

Der Blick von ihrem Gesicht auf ihren zerschundenen Körper und wieder zurück zu ihrem Gesicht hatte nicht einmal eine Sekunde gedauert. Als Adão wieder in Margaridas Gesicht blickte, stellte er zu seinem Erstaunen fest, daß sie ihn mit fieberglänzenden Augen anstarrte. Er konnte sich nicht bewegen. Ihr Blick war hypnotisch, voller Bosheit, Wut und (bildete er sich das nur ein?) einer Spur von Angst.

Langsam irrte ihr Blick ab. Ihre Augen verschleierten sich, und sie sah weg. Mit schwacher Stimme flehte sie: »Bitte, bringt mir etwas Wasser. Ich habe Durst.«

Während Adão dastand wie vom Donner gerührt, eilte Dona Santa in ihre Küche und kam mit einer Blechtasse zurück, die sie aus einem irdenen Krug mit Wasser füllte. Sie gab die Tasse dem *curandeiro*,

der ein wenig zittrig Margaridas Kopf anhob und ihr in kleinen Schlucken die lindernde Flüssigkeit einflößte.
Dona Santa bedeutete Adão, sich neben sie ans Fußende des Bettes zu setzen. Sobald er sich gesetzt hatte, sah er sich nach Margarida um. Sie starrte ihn wieder an. Er konnte die Wut, die sie gegen ihn richtete, förmlich spüren. Plötzlich beugte sie ihren Nakken vorwärts und schlug ihre Zähne in die Blechtasse, wodurch sie sie dem *curandeiro* aus der Hand riß und der Inhalt sich über ihren Hals und ihr Kleid ergoß.
Einen endlosen Augenblick lang hielt sie seinen Blick gefangen, den Rand der Blechtasse fest zwischen den Zähnen. Adão fragte sich, warum ihr niemand die Tasse aus dem Mund nahm.
Als ob er seine Gedanken gelesen hätte, wandte sich der *curandeiro* ihm zu und erklärte: »Wir versuchen nicht, ihr die Tasse wegzunehmen, weil wir dann ihre Kiefer gewaltsam öffnen müßten, und dadurch würde ihr mehr Schaden zugefügt als durch die Tasse. Sie macht das immer so. Ich weiß nicht, warum sie Sie ständig anstarrt. Bis jetzt hat sie es immer vermieden, die Leute direkt anzublicken.«
Der *curandeiro* wandte sich wieder seiner Tochter zu, wobei er ihr die Sicht auf Adão versperrte. Augenblicklich fiel die Tasse zu Boden, und Margarida begann zu sprechen.

»Wie geht es dir, alter Mann? Erlaubst du mir heute abend, deine Tochter an den Fluß mitzunehmen?« Adão wußte aus Horrorfilmen und vom Hörensagen, daß der *curandeiro* jetzt ein Kreuz hochhalten mußte, da Dämonen angeblich davor Angst haben. Alle *curandeiros* und Priester verwendeten Kreuze bei Exorzismen. Ich frage mich, was er jetzt wohl tut, dachte er.
Der *curandeiro* zog tatsächlich ein schweres Holzkreuz aus seiner Tasche, wodurch er sich in Adãos Augen herabsetzte. Was gewinnt er dadurch schon? überlegte er. Niemand in Guajará hat Geld. Der Mann muß ein Scharlatan sein, aber das hier ist doch seine eigene Tochter. Er muß doch sehen, daß sie halluziniert. Sie muß nach Cruzeiro gebracht werden.
»Nicht schon wieder dieses verdammte Kreuz«, sagte das Mädchen auf dem Bett. »Das ist so abstoßend. Willst du deine Tochter noch kränker machen, als sie ohnehin schon ist?«
Der *curandeiro* schwenkte das Kreuz ein paarmal über den ausgestreckten Körper des Mädchens und begann, das Vaterunser zu beten. Als er anfing zu beten, bewegte er sich leicht, so daß Margarida Adão wieder sehen konnte. Dieses Mal starrte sie ihn nicht an. Sie blickte ihn nur kurz an und wandte dann sofort wieder ihre Augen ab, als ob sie irgendwie Angst vor ihm hätte. Von diesem Moment an weigerte sie sich zu sprechen.

Über dreißig Minuten lang betete der *curandeiro* und beschwor Jesus, die Seele der toten Frau aus seiner Tochter zu vertreiben. Ihre einzige Reaktion war Angst; immer wenn das Kreuz ihr nahe kam, wich sie zurück. Als er es direkt auf sie legte, zitterte sie am ganzen Körper. Aber sie gab keinen Laut von sich. Schließlich ging der alte Estevão vom Bett weg und setzte sich in einen Stuhl. Müde senkte er den Kopf. Seine Anstrengungen hatten kaum Erfolg.

Dona Santa flüsterte Adão zu: »Ihre Anwesenheit berührt Margarida. Sie hat sich bisher noch nie so benommen.«

Seit Adão das Haus betreten hatte, hatten zahllose Gefühle seinen Panzer der Ungläubigkeit angegriffen – Furcht, Staunen, Wut, Mitleid und Schock. Aber sie hatten ihn nur geringfügig öffnen können. Er sagte zu Dona Santa: »Vielleicht gehe ich jetzt besser.« Er schwieg eine Weile und fuhr dann fort: »Wir sehen uns morgen. Sagen Sie mir bitte Bescheid, wie es ihr geht.«

Er stand auf und ging schweigend. Nur *seu* Bonifacio, der ihm gute Nacht wünschte, nickte er zu, als er an ihm vorbeiging.

Adão blickte schweigend auf den Fluß. Im hellen Licht des Vollmonds konnte man ihn fast sehen. Sein Kopf war vollkommen leer. Er hatte das unbehagliche Gefühl, daß er nun unwiderruflich in

dieses entsetzliche Geschehen, das sich in Dona Santas Haus abspielte, verwickelt war.
Adão war, was seinen Glauben anging, immer unentschlossen gewesen. Politisch stand er weder rechts noch links, noch nicht einmal in der Mitte. Nur, wenn er darüber nachdenken mußte, ob etwas richtig oder falsch war, hatte er seine eigene Meinung, aber mit den vielzelligen, labyrinthischen Gedanken der Dogmatik gab er sich nicht ab. Wenn er nach seinen Vorstellungen oder Gedanken zu einem der ungelösten Geheimnisse des Lebens gefragt wurde, antwortete er für gewöhnlich: »Ich weiß nicht.« Doch trotz dieser Unentschlossenheit in Glaubensfragen schwankte er nicht, wenn die Umstände eine Antwort verlangten. Er traf seine Entscheidungen langsam und überlegt, wenn er die Zeit dazu hatte. Wenn jedoch die Lage eine sofortige Entscheidung erforderlich machte, konnte er sie schneller als die meisten anderen Menschen treffen.
Hier jedoch befand er sich in einem Dilemma. Er wußte, daß der Präfekt ihm böse sein würde, wenn er zurückkam. Aber er hatte nicht wirklich die Autorität, um gegen den *curandeiro* einzuschreiten. Und warum sollte er auch? Er war nicht allmächtig. Alles, was er für Margarida zu tun versuchte, konnte leicht mehr Schaden anrichten, als daß es ihr nützte. Er konnte sie schließlich nicht kidnappen und nach Cruzeiro do Sul bringen.

Er dachte lange nach und sah schließlich ein, daß er kaum etwas tun konnte. Wenn es ihr morgen nicht besser ginge, würde er mit dem Arzt in Cruzeiro reden, und das würde sein einziger Beitrag bleiben. Vielleicht konnte der Arzt nach Guajará kommen oder wenigstens irgendeine Medizin verschreiben.

Es hatte wenig Sinn, es mit Schlaf zu versuchen. Er konnte hören, wie im Nachbarhaus die Gebete wieder losgingen. Er mußte zumindest für eine Zeitlang von dem unglückseligen Haus nebenan wegkommen. Der Mond schien so hell, daß er seinen Weg auch ohne Kerze oder Taschenlampe finden konnte. Er würde zum toten Flußarm hinuntergehen.

Hier war alles friedlich. Er setzte sich in das weiche Gras und ließ die Beine über die Böschung baumeln. Vom weit entfernten Ufer schimmerten kaum erkennbar die Augen eines kleinen Kaimans. Winzige Frösche machten plumpsende Geräusche, während sie in das Wasser und wieder heraus sprangen, um noch winzigere Insekten zu fangen. Weiter in der Mitte des Flusses spritzte ein Fisch hervor.

Der Fluß, Margarida, die tote Frau – der Zug seiner Gedanken brachte ungebeten das Bild des Exorzismus zurück. Unbewußt griff er nach dem kleinen goldenen Kreuz, das er an einer dünnen Goldkette um den Hals trug. Seine Mutter hatte es ihm

in der vergeblichen Hoffnung geschenkt, er würde dadurch wieder zurück in die Kirche finden.
Warum hat sie mich so intensiv angestarrt? fragte er sich. Warum mich und keinen anderen? Wenn wirklich der Geist einer toten Frau in Margarida gefahren ist, warum ist sie dann so besessen vom Fluß? Er ist doch wahrscheinlich kalt, nicht warm, wie sie behauptet.
Ohne zu überlegen, ließ er die Hand ins Wasser gleiten. Dann überkam ihn mit verblüffender Klarheit der Gedanke: Warum bin ich gerade zu diesem Fluß heruntergekommen? Was tue ich hier eigentlich?
Im gleichen Moment berührte seine Hand statt des erwarteten Wassers den glitschigen Rücken einer vorbeischwimmenden Sumpfschildkröte. Rasch setzte er sich wieder zurück.
Ein erstickter Schrei und ein pelziges Etwas hinter seinem Rücken brachten ihn blitzartig auf die Beine.
»O du blöde Katze. Ich habe fast einen Herzinfarkt bekommen. Wenn du dich bemerkbar gemacht hättest, hätte ich mich nicht auf dich gesetzt.«
Adão blickte sich um und hoffte, daß niemand gesehen hatte, was passiert war. Dann bückte er sich, um die Katze zu streicheln. »Du mußt Fatimas Katze, Bom Jesus, sein. Was hast du da im Maul? Einen Vogel?«
Adão wußte, daß man normalerweise einer Katze

keinen Vogel aus dem Maul nehmen kann, ohne ihn zu Tode zu reißen, deshalb streckte er seine Hand aus und sagte, ohne große Hoffnung auf Erfolg, »Laß mich mal sehen«.

Überraschenderweise kam Bom Jesus zu ihm und ließ den Vogel in seine Hand fallen. »Warum hast du das getan, Bom Jesus? Katzen geben Menschen keine Vögel. Willst du, daß ich ihn mir ansehe?«

Es war eine *Mãe-da-lua*, einer dieser hübschen Ziegenmelker, deren Schnabel fast so groß ist wie ihr ganzer Körper.

»Sieh mal, er lebt noch, und seine Flügel sind nicht gebrochen. Ich brauche nicht noch ein Geheimnis. Willst du, daß ich ihn behalte?«

Adão blickte in Bom Jesus' freundliche, tiefblaue Augen. »Wenn ich abergläubisch wäre, würde ich das für ein Omen halten. Komm mit, Katze. Wenn Dona Santas Kuh in der Nähe ist, besorge ich dir ein bißchen Milch.«

In dieser Nacht schlief Bom Jesus, den Bauch voller Milch, mit in Adãos Hängematte. Adão schlief unruhig, er wurde von Alpträumen geplagt, und die *Mãe-da-lua* flog vom Fensterbrett in den frühen Morgenhimmel. Sie schwor sich, nie wieder durch die Gegend zu fliegen, ohne darauf zu achten, wohin. Sie hatte immer noch Kopfschmerzen von ihrem Zusammenstoß mit *seu* Eduardos neuem Schuppen.

Am nächsten Tag lieh sich Adão das Boot von *seu* Aldyr mit seinem neuen *Burro-Preito*-Motor und fuhr nach Cruzeiro do Sul. Auf der langen Fahrt hatte er genug Zeit zum Nachdenken, aber es fiel ihm nichts Brauchbares ein. Schließlich gab er sich damit zufrieden, die großen Kaimane auf den gelegentlich auftauchenden Sandbänken zu beobachten oder die Geschwindigkeit zu verringern, um nicht in die verspielten Süßwasserdelphine hineinzufahren.

In Cruzeiro begegnete ihm Edison Graça, ein Farmer aus Guajará, den er selten sah, weil er mit seiner Familie tief im Dschungel wohnte. Bei einem Kaffee in einer kleinen Bar mitten auf dem Marktplatz beschrieb ihm Graça den Weg zum Arzt und zur Kirche. Er und Adão hatten genügend Gesprächsstoff, weil sie beide nicht mehr gut geschlafen hatten, seit der Exorzismus angefangen hatte. Beide hofften, daß alles bald vorbei sein würde.

Alle waren voller Anteilnahme, aber helfen konnte niemand. Der Arzt sagte, er würde Margarida gerne behandeln, wenn Adão sie zu ihm brächte. Er konnte nicht weg, weil er in Cruzeiro zu viele Patienten zu betreuen hatte. Er gab Adão ein paar Aspirintabletten mit.

Die Priester sagten, sie würden gerne kommen, aber in solchen Fällen ließen die Dorfbewohner die *curandeiros* und ihre Patienten immer verschwinden. Vater Vicente wollte nächste Woche sowieso vorbeikommen. Er sollte in der kleinen Kapelle, die die Dorfbewohner für ihn und Vater O'Malley gebaut hatten, Messen abhalten. Dann würde er sich die Sache ansehen. »Die Menschen sterben selten an diesen fehlgeschlagenen Exorzismen«, sagte er. »Wir können Ihnen ein paar Aspirintabletten mitgeben und eine gute Medizin gegen Fieber. Geben Sie ihr etwas davon.«

Die deutschen Nonnen in der Klosterschule gaben ihm ein paar Pillen gegen Infektionen und ein paar Aspirintabletten. Eine von ihnen versprach, Vater Vicente auf seiner Fahrt nach Guajará zu begleiten. Der Apotheker verkaufte ihm ein Wundermittel. Adão wußte, daß es nutzlos war, aber wer weiß? Vielleicht würde es dieses Mal wirken. Strohhalme waren schließlich dazu da, daß man nach ihnen griff. Warum also nicht?

Eine Krankenschwester in der Entbindungsklinik gab ihm ein paar gute Ratschläge und ein Röhrchen Aspirintabletten.

Niedergeschlagen fuhr Adão nach Guajará zurück und kam gerade noch rechtzeitig, um Dona Santa etwas von den Medikamenten mit Anweisungen, wie Margarida sie einnehmen sollte, zu geben, bevor der nächste Exorzismusversuch begann.

An diesem Abend wanderte er trübsinnig den Pfad zu seinem Land entlang. Er fand eine gute Stelle, frei von Gestrüpp, auf der er seine Probleme ausschlafen konnte. Er schlief hervorragend. Nichts unterbrach seine verlorenen Träume. Eine Opossummutter, die mit ihren winzigen Kindern, die sich an ihrem rauhen Fell festklammerten, vorbeikam, rannte entsetzt davon. Ein Paka, ein Nasenbär, ein Reh und eine Maus kamen vorbei, um ihn sich anzusehen, zogen aber dann verstohlen weiter. Am nächsten Morgen kam Adão zu Dona Santas Haus, ging aber nicht hinein. Er sprach mit ihr durch das Fenster. Nein, sagte sie zu ihm. Die Medizin half nicht, aber der *curandeiro* war erfreut, daß Adão helfen wollte. Sie würden es heute noch einmal mit der Medizin versuchen.

Adão begann, seine Nächte auf seinem Land zu verbringen. Jeden Morgen kam er zurück, um zu frühstücken und um sich nach Margarida zu erkundigen. Die Antwort lautete immer gleich. »Nichts scheint ihr zu helfen, *seu* Adão. Das arme Ding wird immer weniger. Sie will überhaupt nichts mehr essen. Es geht ihr viel schlechter.«

Am vierten Tag nach seiner Rückkehr aus Cruzeiro do Sul beschloß er, selbst nachzusehen, wie es Margarida ging – wenn er, dachte er in Erinnerung daran, wie sie ihn angestarrt hatte, den Mut finden würde, dieses jetzt so unfreundliche Haus noch einmal zu betreten.

Als er das Haus betrat, fand er, daß es so schrecklich nun auch nicht war. Die helle Morgensonne ließ den Raum fast, wenn auch nicht ganz, heiter erscheinen. Als er jedoch das bleiche, kranke Wesen auf dem Bett liegen sah, verschwand das Sonnenlicht aus seinem Bewußtsein. Margarida war so dünn geworden, daß ihr Kleid ihr viel zu groß geworden war. Es diente nur noch dazu, die vielen blauen Flecke und Kratzer zu verdecken, die noch um einiges zahlreicher geworden waren, als Adão vom ersten Mal in Erinnerung hatte.

Die üblichen vier Männer waren im Zimmer. Sie saßen schweigend neben dem Bett. Er kannte sie alle. Da war Moacyr Velho, *seu* Bonifacio, *seu* Aldyr und Zé Maia, *seu* Bonifacios ältester Sohn. Die einzige andere Person im Zimmer außer den vier Männern und Margarida war eine alte Frau, die ganz allein in der Ecke saß und fest eingeschlafen war.

Adão setzte sich neben *seu* Bonifacio und fragte leise: »Wie geht es ihr heute?«

Seu Bonifacio antwortete: »Viel, viel schlechter. Sie phantasiert jede Nacht und sagt schreckliche Sachen. Viermal . . . nein, fünfmal hat sie versucht, aus dem Bett zu springen. Glücklicherweise konnten wir sie im Bett festhalten und brauchten nicht auf dem Fußboden mit ihr zu kämpfen. Noch mehr blaue Flecken kann sie nicht aushalten.«

Was ist schon ein blauer Fleck mehr, dachte Adão, war aber im gleichen Augenblick überrascht, daß er so zynische Gedanken hatte.

Alle saßen ungefähr zwanzig Minuten lang schwei-

gend da. Man hörte nur die Alltagsgeräusche von draußen und das leise Atmen von Margarida.
Ein dringendes Bedürfnis nach einer Zigarette überkam Adão. Glücklicherweise war die Zigarette, die ihm *seu* Bonifacio gab, im Laden gekauft und nicht von der starken selbstgedrehten Ortsmarke. Er hatte schon seit vier Jahren nicht mehr geraucht und bekam fast einen Hustenanfall. Von einer stärkeren Zigarette wäre ihm wahrscheinlich übel geworden.
Margarida erwachte, sah Adão an und schlief wieder ein.
Verlegen fragte er sich, warum er ausgerechnet eine Zigarette gewollt hatte. In diesem Moment brach das Pandämonium los.
Margarida sprang aus dem Bett, direkt auf Adão zu. Der reaktionsschnelle Zé Maia packte sie am Knöchel und brachte sie zu Fall. Sofort sprangen alle vier Männer auf ihren zuckenden Körper. Sie versuchten, sie am Boden zu halten und gleichzeitig ihren spitzen Fingernägeln und scharfen Zähnen auszuweichen.
Adão stand auf, bereit, mitzuhelfen, wenn es nötig wäre, aber glücklicherweise fiel das bemitleidenswerte Mädchen in Ohnmacht, zur großen Erleichterung aller Beteiligten.
Seu Aldyr und Moacyr Velho packten sie an Armen und Beinen und legten sie, nicht besonders sanft, wie es Adão vorkam, wieder zurück ins Bett. Moa-

cyr Velho wandte sich zu ihm und sagte entschuldigend: »Was sollen wir sonst machen?«

Alle, einschließlich Adão, setzten sich wieder hin. Niemand sagte ein Wort, sie waren entweder zu erschöpft oder zu entsetzt. Fünf Minuten lang saßen sie so da. In dieser Zeit wuchs ein unbegründeter, unkontrollierbarer Zorn in Adãos Brust. Wut auf die wohlmeinenden Männer, die Margarida zweifellos verletzt hatten, als sie sich über sie warfen. Wut auf sich selbst, weil er so unfähig war. Wut auf Margarida, weil sie es zuließ, daß sie so getäuscht wurde. Wut auf den bösen Geist, natürlich nur, wenn es so etwas Unwahrscheinliches überhaupt gab.

Ohne nachzudenken, und sich kaum anderer Personen im Zimmer als des kranken Mädchens im Bett bewußt, ging Adão zu ihr und beugte sich über sie. Ihre Augen waren offen, aber ausdrucks- und blicklos.

Und was er als nächstes tat, heilte Margarida für alle Zeit von ihrer Einbildung und/oder dem bösen Geist.

Im Gegensatz zum *curandeiro*, der viele Tage und Nächte mit erfolglosen Exorzismusversuchen verbracht hatte, vergeblich unterstützt von den meisten Dorfbewohnern und der ebenfalls wirkungslosen Medizin und Wundermittel, die Adão aus Cruzeiro do Sul mitgebracht hatte, brauchte Adão nur den kürzesten aller Augenblicke, um Marga-

ridas Tod zu verhindern, der sicher eingetreten wäre, wenn er nicht gehandelt hätte.
Den ganzen Fluß entlang gab es noch viele Jahre hinterher freundschaftliche Streitigkeiten, weil es zahlreiche unterschiedliche Meinungen darüber gab, was nun wirklich passiert war. Die alte Frau, die im Zimmer saß, hatte die ganze Zeit über geschlafen, so müde war sie von der Nachtwache bei Margarida. Aber sie schwor später, sie habe im Traum einen Teufel gesehen, der durch das Fenster auf das Geschehen im Zimmer starrte, und das genau in dem Moment, als der Geist der toten Frau aus Margarida floh. Moacyr Velho schwor, er habe gespürt, wie ein schauriger Windhauch an ihm vorbeigestrichen sei, als ob etwas Unsichtbares eilig das Zimmer durch die offene Tür verlassen habe.
Wenn Adão überredet werden konnte, über die Sache zu sprechen, weigerte er sich zuzugeben, daß er überhaupt etwas getan habe, aber insgeheim war er der Meinung, er wisse, was wirklich passiert war. Als Margarida Fieber bekommen hatte und als Folge davon halluzinierte, wurde ein Exorzismus notwendig. Es war egal, ob sie wirklich von einem bösen Geist besessen war oder nur halluzinierte. Die Wirkung des Exorzismus würde die gleiche sein. Er würde entweder den Geist oder die Einbildung vertreiben, woran auch immer sie litt.
Da es sich aber höchstwahrscheinlich um eine Ein-

bildung und um nichts anderes handelte, war der Exorzismus aus irgendeinem unbekannten Grund selbst die Krankheit geworden. Irgendwie hatte er den Punkt überschritten, an dem er sie heilen konnte, und war umgeschwenkt zu dem Prozeß, der alles nur verlängerte. Als Margarida sah, daß alle im Ort, ihr eigener Vater eingeschlossen, unerschütterlich glaubten, sie sei wirklich besessen, und da sie wußte, daß Geister sich vor Kreuzen, Gebeten und all den Riten des Exorzismus fürchten, konnte sie gar nicht mehr anders, als die Rolle zu Ende zu spielen, die man von ihr erwartete. Ihre Angst vor dem Exorzismus war in der Tat äußerst real. Erst als Adão ihr diese Angst nahm, konnte sie wieder in das Land der Realität zurückkehren.

Überraschenderweise stimmte die Theorie des *curandeiros* ziemlich genau mit Adãos privaten Gedanken überein, nur daß er die Betonung stärker auf einen bösen Geist legte.

Was Adão tat, war ein Sakrileg. Etwas ganz Einfaches. Etwas sehr Kurzes.

Als er an diesem sonnigen Morgen an Margaridas Bett trat, konnten die vier anderen Männer im Zimmer sehen, wie zornig er war. Alle vier standen auf, unschlüssig, ob sie Margarida vor Adão oder Adão vor Margarida beschützen sollten.

Mit einer festen, tieferen Stimme als gewöhnlich wandte er sich ärgerlich an *seu* Bonifacio und fragte: »Kann sie mich verstehen?«

»Ja.«
»Sind Sie sicher?«
»Ja. Bestimmt.«
Er wandte sich wieder zu Margarida und beugte sich ganz dicht über ihr Gesicht. »Kannst du mich hören?«
»Ja.«
»Bist du sicher?«
»Ja.«
Er griff in sein Hemd und zog das goldene Kreuz heraus, das seine Mutter ihm vor so langer Zeit geschenkt hatte. Dann fragte er: »Kannst du das sehen?«
»Ja«, antwortete sie, wobei ihre Stimme vor Angst zitterte.
»Bist du sicher? Du siehst dieses Kreuz?«
»Ja.« Zu der Angst, die sie empfand gesellte sich Verwirrung. Er schrie ihr fast ins Gesicht: »Es bedeutet gar nichts!« Daraufhin riß er sich das Kreuz vom Hals und schleuderte es aus dem Fenster.
Das war alles, was er tat. Ein kurzes Nichts von einer Handlung.
Er blickte die anderen Männer an, dann ging er aus dem Zimmer. Die Wut verwirrte immer noch seine Gedanken.
Als er draußen war, überkam ihn brennende Scham. Wie konnte ich das nur tun? dachte er. Jetzt habe ich alles nur noch schlimmer gemacht. Was bin ich nur für ein Idiot!

Er ging direkt zu seinem Land und blieb dort zwei Tage lang, so sehr schämte er sich, mit jemandem zu reden.
Wenn er nur einen Augenblick länger bei Dona Santas Haus stehengeblieben wäre, hätte er eine Stimme aus dem Bett gehört, die sagte: »Warum hat er das getan? Ich bin so hungrig. Kann mir jemand etwas zu essen bringen?«
Gab es einen Geist, oder war alles nur Einbildung? Hören Sie auf einen weisen Mann. Fragen Sie Adão. Die meisten seiner Antworten sind interessant, und man sollte ihnen respektvoll zuhören, obwohl sie zweifellos voller *Wenns, Abers, Möglicherweise* und *Vielleicht* oder *Vielleicht nicht* sein werden. Aber lauschen Sie seinen ersten drei Worten.
Hören Sie auf einen weisen Mann. Er wird sagen: »Ich weiß nicht.«

EPILOG

Früh am Morgen des zweiten Tages, nachdem er voller Scham aus dem Dorf geflüchtet war, bekam Adão den ersten Hinweis darauf, daß er Margarida geheilt hatte, statt ihre Verfassung noch schlimmer zu machen.

In der letzten Nacht hatte er alles Gestrüpp, das er den ganzen Sommer über abgeholzt hatte, in Brand gesteckt und so sein Land in ein allesverzehrendes Inferno verwandelt. Nun ließ er die feine Asche, die die Flammen übriggelassen hatten, durch die Finger rieseln. Es war eine spektakuläre Feuersbrunst gewesen. Man konnte den Schein am Horizont im Süden bis Cruzeiro do Sul und im Norden bis zu der Stadt Boa Fé, die an der Mündung des Rio

Ipixuna in den Juruá lag, sehen. Übriggeblieben waren nur ein paar größere Stämme, die er gefällt hatte. Manche schwelten noch, andere brannten noch immer.

Er hörte ein Geräusch hinter sich, und als er sich umdrehte, stand der leprakranke alte Sebastião hinter ihm.

»*Bom dia, seu* Adão. Das war ein wundervolles Feuer. Ich hatte ein bißchen Angst, daß es auf mein Haus übergreifen könnte.«

»O Sebastião, das tut mir leid, das habe ich nicht bedacht.«

»Nein, nein. Sie brauchen sich nicht zu entschuldigen. Es ist alles in Ordnung. Ich habe mir wegen nichts Sorgen gemacht. Ach, *seu* Adão, können Sie mir einen Gefallen tun?«

»Natürlich. Alles, was Sie möchten.«

»Ich habe bisher noch niemanden darum gebeten. Für gewöhnlich machen es Dona Santa, Dona Pipira oder der *curandeiro* . . . könnten Sie es nur einmal tun? Nur einmal?«

»Was?«

Sebastião zögerte und schwieg eine Zeitlang. Dann sprudelte es aus ihm heraus: »Die Verbände an meiner Hand wechseln. Ich habe Verbandsstoff zu Hause, aber ich kann es selbst nicht machen. Meine Finger sind fast ganz weg. Ich würde Sie ja nicht darum bitten, aber Sie essen auch bei mir zu Hause, und einmal haben Sie mir die Stirn gefühlt, als ich dachte, ich hätte Fieber . . . aber, nein. Ich hätte Sie nicht fragen sollen. Ich . . .«

Adão unterbrach ihn: »Das tue ich doch gerne. Kommen Sie. Wir gehen zu Ihrem Haus und machen es gleich.«

Seltsam, dachte Adão, als sie die kurze Strecke zu Sebastiãos Hütte gingen. Warum bittet er mich darum?

Nachdem er Sebastiãos Verbände gewechselt hatte und sich bei einer heißen Tasse Kaffee, die der alte Leprakranke ihm gekocht hatte, entspannte, hörte er zum ersten Mal die Geschichte, wie er Margarida geheilt hatte.

Zuerst überflutete ihn ein Gefühl der Erleichterung. Margarida war gesund, und der Exorzismus war vorbei. Außerdem konnte er ohne Schamgefühl in den Ort zurückkehren. Aber die Erleichterung wich rasch einem Gefühl des Entsetzens, als er begriff, warum der alte Sebastião ihn um das Wechseln seiner Verbände gebeten hatte.

»Sebastião«, sagte er, wobei er kaum sein Mitleid und Schuldgefühl verbergen konnte, »ich hoffe, Sie glauben jetzt nicht, daß ich auch Lepra heilen kann. Sollte ich Ihnen deswegen helfen? Ich habe Margarida nicht gesund gemacht; oder wenn ich es getan habe, dann war es ein Zufall. Ich weiß noch nicht einmal, warum ich das getan habe, was ich getan habe.«

»Der *curandeiro* hat recht gehabt«, erwiderte der alte Mann.

»Er sagte, Sie haben Macht, Sie wissen es nur nicht.« Schon wieder der *curandeiro*, dachte Adão. Zumindest scheint er nicht böse auf mich zu sein.
»Ich versuche, realistisch zu sein«, fuhr Sebastião fort. »Ich weiß, daß niemand mich heilen kann. Der *curandeiro* hat es mir gesagt. Er sagte, er würde versuchen, mich in einer Leprastation unterzubringen, aber ich bleibe lieber hier bei meinen Freunden.« (Vielleicht war der *curandeiro* gar nicht so ein Scharlatan.) »Aber, Adão, verzeihen Sie mir bitte. Manchmal habe ich so eine sinnlose Hoffnung . . .«
»Ich wünschte, ich könnte irgend etwas tun«, sagte Adão. »Aber ich kann es wirklich nicht. Ich werde jedoch immer, wenn ich hier draußen bin, nach Ihnen sehen. Mir macht es nichts aus, Ihren Verband zu wechseln. Überhaupt nichts.«
Auf seinem Weg zurück ins Dorf versuchte er, das unsinnige Schuldgefühl, das er wegen des alten Sebastião empfand, zu verdrängen. Ich kann doch wirklich nichts tun. Ich will einfach nicht mehr darüber nachdenken. Hoffentlich verlangt jetzt nicht auch noch jemand anderer von mir, ich solle ihn gesund machen. Vielleicht bleibt er der einzige.
Er irrte sich.
In den nächsten beiden Wochen verlief fast alles wieder normal. Normal – wenn man davon absah, daß der Respekt jetzt allen im Gesicht geschrieben stand. Und zwar deutlich. Selbst die Kühe und Hühner schienen Respekt vor ihm zu haben.

Er nahm wieder seine Mahlzeiten in Dona Santas Haus ein. Das vordere Zimmer sah wieder so aus, wie es immer ausgesehen hatte. Nichts deutete mehr auf den Exorzismus hin. Es war wieder ein glückliches Haus.

Seu Estevão, der *curandeiro*, überschüttete ihn mit Dankesbezeigungen und Dankbarkeit. Er bat Adão sogar, der neue *curandeiro* in Guajará zu werden. Er wurde alt, und die Arbeit wurde ihm zu schwer. Er würde ihm gerne alles über die verschiedenen Kräuter, die er bei Bandwürmern, Erkältungen, Wunden und leichteren Krankheiten anwendete, beibringen. Er erzählte Adão, daß er noch nie versucht habe, Krebs oder andere schwere Erkrankungen, mit denen man besser zu einem Arzt ging, zu behandeln. Aber irgend jemand mußte sich ja schließlich um die Dorfbewohner kümmern. Zumindest bei den kleineren Problemen.

Adão lehnte es höflich ab, der nächste *curandeiro* zu werden, aber er gewann den alten Mann lieb. *Seu* Estevão half den Dorfbewohnern nicht nur, wenn sie krank waren, er schrieb auch Briefe für sie und las ihnen die Antwortbriefe vor. Er war überall. Er tat immer irgend etwas für irgend jemanden, immer ohne Bezahlung, außer vielleicht von Zeit zu Zeit einem guten Essen.

Er freundete sich auch mit Margarida an. Sie war bald wiederhergestellt und wurde wieder ein hübsches Mädchen. Aus irgendeinem Grund, der selbst ihnen unerklärlich war, erwähnten weder sie noch Adão jemals den Exorzismus.

Es gab mehr Probleme, die er als Präfekt lösen mußte, zweimal mehr als vorher. Zu seinen täglichen Pflichten war eine neue Aufgabe hinzugekommen.

Eines Tages kam *seu* Aldyr zu ihm und fragte: »Euer Ehren, ich habe manchmal schreckliche Rückenschmerzen. Wissen Sie, was dagegen helfen könnte?«

Adão antwortete: »Ich habe wirklich keine Ahnung von Medizin, *seu* Aldyr. Ich kann Ihnen ein paar Aspirintabletten geben. Wenn sie nicht helfen, sollten Sie den *curandeiro* fragen oder den Arzt in Cruzeiro aufsuchen.«

»Vielen Dank, Euer Ehren. Ich bin sicher, daß die Aspirintabletten helfen werden.«

Am nächsten Tag traf Adão beim Angeln eine alte Frau aus dem Dschungel.

»Euer Ehren, ich habe so schreckliche Schmerzen im Kopf. Ich habe gehört, Sie könnten sie heilen. Werden Sie mir helfen?«

»O nein, *Senhora*. Ich kann die Menschen nicht gesund machen. Ich bin kein Arzt . . . und auch kein *curandeiro*. Aber ich habe viele Aspirintabletten. Gehen Sie nur zur Präfektur, im Hinterzimmer finden Sie welche. Nehmen Sie sich eine Handvoll. Nein, nehmen Sie zwei Handvoll. Und gehen Sie sparsam damit um.«

»Danke, Euer Ehren. *O Senhor* ist ein großartiger Mann.«

Adão fand sich mit dem ab, was um ihn herum geschah. Wenn ich mich weiterhin weigere, die Leute zu behandeln, werden sie nach und nach aufhören, dachte er. Das kann ja nicht ewig so weitergehen.

Als er am nächsten Tag von einem Besuch bei dem alten Sebastião, dessen Verbände er gewechselt hatte, zurückkam, bemerkte er, als er sich der Präfektur näherte, daß Dona Santa mit einer großen, schlanken Frau an seiner Tür stand – einer Frau, die er noch nie gesehen hatte.

Als er näher kam, sah er eine dritte, jüngere Frau, die aus dem Fenster der Präfektur blickte. Adãos Herz schlug schneller. Was für ein hübsches, hübsches Mädchen, dachte er. Was für schöne braune Haare. Sie müssen ihr bis an die Hüfte reichen.

Adão lächelte, als er näher kam. Sie lächelte nicht zurück. Ratlos überlegte er sich, ob an seiner Erscheinung irgend etwas nicht in Ordnung war. Vielleicht blickt sie über meinen Kopf auf den Fluß und hat mich gar nicht bemerkt, dachte er. Ich hoffe, ich habe nichts falsch gemacht.

»*Seu* Adão«, sagte Dona Santa, »das ist schön, daß Sie so früh nach Hause kommen. Zwei meiner Verwandten aus Boa Fé sind auf dem Rückweg von Cruzeiro bei mir vorbeigekommen. Sie möchten gerne mit Ihnen sprechen.«

Dona Santa stellte sie als *Senhora* de Melo und ihre Nichte Janina vor. *Senhora* de Melo war Lehrerin in Boa Fé.
Dieses Mal lächelte das Mädchen am Fenster ihm zu. Adão war wie verzaubert von ihren Augen. Sie waren von dem gleichen Tiefblau wie die von Bom Jesus. Er mußte sich zwingen, den Blick wieder abzuwenden. Er war vollkommen und unwiderruflich bezaubert. So etwas war ihm noch nie vorher widerfahren.
Er hörte kaum zu, als Dona Santa sich entschuldigte, sie müsse sie verlassen, weil sie ihrem Mann auf dem Feld helfen müsse. Und als *Senhora* de Melo ihn fragte, ob sie hineingehen könnten, damit sie mit ihm sprechen könne, nickte er nur wie betäubt.
Sobald sie mit Janina zusammen im Haus waren, begann *Senhora* de Melo zu sprechen, aber Adão verstand nur die Hälfte von dem, was sie sagte. Er wagte es nicht, Janina anzusehen, war sich jedoch ihrer Gegenwart so bewußt, wie er sich nie zuvor eines anderen Menschen bewußt gewesen war. Er mußte richtiggehend mit sich kämpfen, um der aufmerksame Präfekt zu sein, zu dem sie gekommen waren.
Senhora de Melos Worte drangen in sein Bewußtsein. ». . . realistisch. Wir wissen beide, daß es sinnlos ist, aber wir müssen jeden Strohhalm ergreifen.«

Realistisch? Sinnlos? Wovon redet sie? Ich muß aufmerksam zuhören, dachte er und riskierte einen Blick auf Janina.
Wieder war er von ihren wunderschönen Augen gefangen. Was für schöne, schöne – er blickte genauer hin – Augen. O heilige Muttergottes! Nein! Das kann nicht sein!
Plötzlich überkam ihn das schreckliche Bedürfnis, aus dem Fenster zu springen und wegzulaufen und niemals wiederzukommen.
»Sie verstehen also«, sagte *Senhora* de Melo, »seit dem Unfall ist sie blind. Das ist jetzt fast zwei Jahre her. Der Arzt in Cruzeiro sagt uns immer, wir müßten zu einem Spezialisten nach Manaus fahren. Vielleicht können wir es uns nächstes Jahr leisten. Aber im Augenblick müssen wir in Boa Fé bleiben. Kann vielleicht *O Senhor* etwas für uns tun?«
»Nein, nein, *Senhora*«, erwiderte er. Seine Stimme brach vor Mitgefühl. »Ich kann gar nichts tun. Wirklich nicht. Ich weiß, daß alle denken, ich hätte Margarida gesund gemacht, aber wenn das wirklich so ist, war es ein Zufall. Seitdem kommen alle Leute immer zu mir mit ihren . . .«
Eine warme Hand legte sich auf seinen Arm und unterbrach ihn mitten im Satz. Es war Janina. »Bitte, Euer Ehren, regen Sie sich nicht so auf. Wir verstehen Sie. Wirklich. Wir haben nicht wirklich daran geglaubt, daß Sie uns helfen könnten. Es ist

lediglich so, wie meine Tante schon gesagt hat: Wir müssen jeden Strohhalm ergreifen.«

Adão war vollkommen benebelt. Als die beiden Frauen ihm lächelnd dafür dankten, daß er sich die Zeit genommen hatte, sie zu empfangen, konnte er nur schwach zurücklächeln. Er war nicht imstande, auch nur das kleinste Wort hervorzubringen.

Erst nachdem sie die Präfektur verlassen hatten und dabei waren, wegzugehen, kam Adão wieder zu sich. Er rannte rasch zur Tür und rief ihnen hinterher: »Ich wünschte, ich könnte Ihnen helfen!«

Janina und ihre Tante drehten sich um und lächelten ihm zu, dann machten sie sich auf den Weg zum Boot, in dem ein Angehöriger auf sie wartete.

Adão war noch tagelang hinterher deprimiert. Er tat seine Arbeit als Präfekt zwar gut, aber mechanisch. Sein Gang war langsamer und sein Verhalten gedämpfter, und er wirkte ständig besorgt. Die Dorfbewohner spürten, daß etwas nicht in Ordnung war, und kamen respektvoll mit weniger Problemen zu ihm.

Eines Morgens stand er voller Niedergeschlagenheit früh auf und wanderte langsam den Pfad zu seinem Land entlang. Er hielt bei der *botequim* an und kaufte bei Moacyr Velhos Frau eine Schachtel Zigaretten. Schon beim Hinausgehen zündete er sich eine an. Dieses Mal mußte er nicht husten. Er hatte sich wieder daran gewöhnt.

Auf halber Strecke entdeckte er einen großen Baumstumpf, von dem aus man über den Fluß blicken konnte, und setzte sich einen Moment hin. Er hatte keine Eile. Er zog noch eine Zigarette aus der Schachtel, zündete sie aber nicht an. Abwesend hielt er sie zwischen den Fingern.
Vom Pfad her starrte ihn ein fetter, fauler Leguan böse an.
Adão saß auf seinem Lieblingssonnenplatz. Hoch über seinem Kopf zog ein Adlerweibchen anmutig seine Kreise durch den azurblauen Himmel. Es war auf der Jagd nach einem saftigen Affen für ihre Jungen. Es blickte kurz auf Adão herunter, beschloß aber dann, daß er zu schwer zum Davontragen sei, und flog weiter.
Der Tag neigte sich seinem Ende zu. Die Schatten wurden tiefer. Vögel flogen vorbei und zwitscherten ihm zu. Vorbeihuschende Affen schnatterten. Ein Schwein kam grunzend den Pfad entlang. Adão war blind für das, was um ihn herum geschah. Verloren. Mit seinen Gedanken weit in sich selbst zurückgezogen. Eine verlorene Seele.

An diesem Abend traf er eine wohldurchdachte Entscheidung. Er packte seine Kleider und ging durch das ganze Dorf, um sich von seinen Freunden zu verabschieden. Er sagte ihnen, er habe dringende Geschäfte in Manaus zu erledigen, und es könne sein, daß er zwei oder drei Monate weg sein

würde. Er besprach mit dem *curandeiro*, daß dieser während seiner Abwesenheit für sein Land sorgen solle. Der *curandeiro* versprach, dafür zu sorgen, daß alle ihr Vieh dort weiden ließen, damit der Dschungel nicht wieder nachwucherte.
Moacyr Velho erklärte sich einverstanden, ihm ein Motorboot, das er sich später wieder in Cruzeiro abholen konnte, zu leihen. Und mit seiner letzten offiziellen Handlung als Präfekt verpflichtete er *seu* Aldyr dazu, sich in seiner Abwesenheit um den Ort zu kümmern. Während Adão nur zögernd Präfekt geworden war, war der alte Polizist hingerissen von der Vorstellung. Er hatte sich schon immer eine hohe Stellung und den damit verbundenen Respekt gewünscht. Es spielte für ihn gar keine Rolle, daß er nur zeitweiliger Präfekt war, eingesetzt von einem anderen zeitweiligen Präfekten, der wiederum von noch einem anderen zeitweiligen Präfekten eingesetzt worden war.
Bei Tagesanbruch am nächsten Morgen verließ Adão Guajará, aber statt nach Cruzeiro do Sul zu fahren, sah man ihn die entgegengesetzte Richtung einschlagen. Flußabwärts nach Boa Fé. Er würde doch bestimmt nicht die ganze Strecke nach Manaus in dem kleinen Boot zurücklegen! Er würde wochenlang auf dem Fluß unterwegs sein, vielleicht sogar Monate, wenn er es überhaupt schaffte, heil anzukommen.
Zwei Wochen später fuhr Adão wieder an Guajará

vorbei, dieses Mal in der richtigen Richtung. Mit ihm fuhren zwei weitere Passagiere: *Senhora* de Melo und ihre Nichte Janina.

Erst fünf Monate später hörte man wieder etwas von Adão und den beiden Frauen. Eines kalten, regnerischen Tages unterbrach *Senhora* de Melo ihre Reise nach Boa Fé bei Dona Santa.

Man erfuhr von ihr, daß Adão mit ihnen nach Manaus gefahren war, damit ein Arzt Janinas Blindheit untersuchen konnte. Dort hatten die beiden Frauen bei Verwandten in der Rua Major Gabriel gewohnt, und Adão fand ein Zimmer im Haus von *seu* Jader und seiner Familie.

Eine Woche nach ihrer Ankunft wurde die Operation durchgeführt. Es war ein kurzer, aber schwieriger Eingriff. Janinas Sehfähigkeit wurde glücklicherweise vollkommen wiederhergestellt.

Janina und Adão fanden eine Entschuldigung nach der anderen, um in Manaus zu bleiben. Bald waren sie verheiratet. Sie feierten eine wundervolle Hochzeit in der Kathedrale und fuhren nach São Paulo in die Flitterwochen. Dort blieben sie, damit Adão genug Geld verdienen konnte, um Vieh für sein Land und ein eigenes Motorboot zu kaufen.

Janina liebte den Juruá, weil sie dort geboren war. Adão liebte den Juruá, weil er seine Heimat geworden war, und außerdem hatte er dort seine geliebte Janina kennengelernt. Sie hielten beide eine Korrespondenz mit dem *curandeiro* aufrecht, der sie am Ende jedes Briefes beschwor, bald nach Hause zu kommen. Aber, mit einem Neugeborenen, einer neuen Stelle, einem weiteren Baby, neuen Freunden . . . sie kamen nie mehr.

DER SUMPF DER TRÄUME

Bei den Menschen gibt es alle möglichen Sorten von Händlern – Fischhändler, Büchsenhändler, Kriegshändler, Haßhändler, sogar Liebeshändler. Ist es dann verwunderlich, daß es auch in der Tierwelt Händler gibt? Am Oberlauf des Juruá gibt es weit mehr Tiere, die Händler sind, als Menschen.

Zu den Händlern der Tierwelt gehören die Gifthändler. Sie unterscheiden sich in Form, Größe und Farbe, und vor allem unterscheiden sie sich in ihren schändlichen Verkaufsstrategien. Da gibt es unverblümte, überzeugende Arten wie die Schlangen, Hornissen, Bienen, Skorpione, Spinnen, Tausendfüßler und ihre vielbeinigen Verwandten. Ein anderer Gifthändlervertreter hat eine äußerst subtile Art des Verkaufens. Das ist ein hübscher kleiner Frosch, der sich anfassen läßt, und dann dringt sein Gift durch Ihre Fingerspitzen ein. Ihre Bezahlung für seine Ware? Ihr Leben. Natürlich sind manche Gifthändler auch Beißhändler. Aber Beißhändler sind im allgemeinen nicht giftig. Zu den Beißhändlern gehören die Jaguars und Pumas, die Vampirfledermäuse, die Piranhas, die Ameisen, die Moskitos und ein grauenvolles, mückenähnliches Wesen, das *piun* heißt. *Piuns* nehmen, wie ihre Verwandten, die Moskitos, als Gegenleistung für ihre Bisse einen kleinen Magenvoll Blut.

Es gibt noch viele andere. Stechhändler (eine Artbezeichnung, die ebenfalls in den Bereich der Gifthändler hineinreicht), Kratzhändler, Seuchenhändler und einen langen, schlangenartigen Schockhändler, den Zitteraal.

Obwohl diese Kreaturen einem bösartig vorkommen mögen, wenn sie mit ihren Waren handeln, gelingt es ihnen für gewöhnlich, mit ihren wenigen menschlichen Nachbarn im Dschungel des Juruá auszukommen. Wenn man nicht gerade auf sie tritt, ihre Nester oder Schlupflöcher aufstöbert, sich auf sie setzt oder ihnen auf irgendeine sonstige Art in die Quere kommt, sind sie recht friedlich. Im allgemeinen gehen sie den Menschen geschickt aus dem Weg. Ausnahmen bilden da allerdings die Moskitos und die *piuns*, die niemandem aus dem Weg gehen, ob es nun ein Mensch oder ein Tier ist.

Sie glauben voller Inbrunst und Gier daran, daß alles nur zu ihrem Nutzen auf Erden lebt. Kleine Tiere wie Eichhörnchen, Fledermäuse, Vögel, kleine Affen und deren gleichgroße Artgenossen sind ihre Imbißbuden. Größere Affen, Hühner, Pakas, Agoutis und Hunde sind ihre Privatrestaurants. Menschen, Kühe, Pferde, Jaguare – alle Riesen der Welt – sind ihre Handelsplätze, ihre Einkaufszentren.

Will man sich davor schützen, von ihnen verrückt gemacht zu werden, meidet man am besten ihre Versammlungsorte. Es hilft auch, wenn man lernt, sie zu ignorieren, obwohl sie es gerade nachts lieben, ihre winselnden Handelslieder zu singen, um uns wach zu halten. So kommt es einem zumindest vor.

Es gibt noch andere Geschöpfe, die den Oberlauf des Juruá heimsuchen, man kennt sie jedoch viel weniger. Sie sind selbst keine Händler, aber ihr Ruhm wird von den Leuten gehandelt, die gerne einen Mythos weitererzählen möchten, und die von Schatten reden, die sie im dunklen Wald gesehen haben. Manche sind definitiv von Wissenschaftlern anerkannt, wie das *Mustela africana*, ein kleines Wiesel mit einem Streifen auf dem Bauch, das man jedoch nur ganz selten zu Gesicht bekommt. Eines davon hat man einmal irgendwo hinter Guajará gefunden.

Andere Tiere sind nie von Wissenschaftlern gese-

hen worden. Eigentlich sind sie von kaum jemandem jemals gesehen worden. Solch ein Tier ist der *minhoção* (großer Erdwurm), von dem es heißt, er grabe riesige Höhlen in die Erde und fälle dabei alle Bäume, deren Wurzeln ihm im Weg seien. Manche Menschen glauben, das seien überhaupt keine Würmer, sondern riesige Glyptodons, gürteltierartige Relikte aus dem längst vergangenen Pleistozän. In manchen Indianerlegenden heißt es, der *minhoção* habe einen harten, knochigen Rückenpanzer, scharfe Klauen und eine stumpfe Schnauze. Eine seiner Höhlen hat man gegen Ende des Jahres 1890 etwas südlich von Cruzeiro do Sul in Acre gefunden. Eine andere wurde angeblich in der Nähe des Rio Ipixuna entdeckt. Der *minhoção* mag nur ein Mythos sein, aber . . . wer weiß?
Ob es nun den *minhoção* gibt oder nicht, wahrscheinlich ist er ein friedfertiges Tier. (Vielleicht ist er nur eine Chimäre, die mit ihren eigenen Visionen handelt.) Ein anderes unbekanntes Tier, das allerdings nicht friedfertig ist, ist die *sucurijú gigante*, die Riesenanakonda, von der in weit auseinanderliegenden Orten im ganzen Amazonasgebiet und den angrenzenden Gebieten berichtet wird. Man hat sie an allen größeren Flüssen gesehen, vom Amazonas selbst bis hin zum Xingu, dem Tapajos, dem Purus, dem Negro, dem Solimões und dem Juruá. Fünf Priester, die sie auf halber Strecke zwischen Floresta und Boa Fé gesehen haben, beschreiben sie wie

folgt: »Augen so groß wie Eßteller, einen Leib zweidrittelmal so breit wie unser Boot (Breite unbekannt), ungefähr fünfundzwanzig Meter lang.« Das ist die übliche Beschreibung, wobei die Länge allerdings von zwanzig Metern bis zu unwahrscheinlicheren fünfundvierzig Metern variiert.

Die Priester haben zweifellos etwas gesehen, obwohl es schon dämmerte und das Licht schlecht war. Eine normale Anakonda, wenn man Anakondas überhaupt als normal bezeichnen kann, erreicht selten mehr als neun Meter Länge, selbst wenn sie durch die Einbildungskraft noch gestreckt wird. Also auch hier, vielleicht?

Nur zweimal wurde ein seltsames Wesen genau genug gesehen, so daß man darüber berichten konnte. Alle anderen Erzählungen über dieses geheimnisvolle Tier sind vage und nicht belegt. Selbst diese besonderen Beschreibungen können kaum bestätigt werden, da sie aus zweiter und dritter Hand stammen. Interessant an ihnen ist allerdings, daß die Beschreibungen des Tieres, obwohl zeitlich und räumlich weit voneinander entfernt, nicht nur ähnlich, sondern praktisch identisch sind. Solche Übereinstimmungen sind selten, selbst wenn zwei verschiedene Leute dasselbe Gesicht aus dem Gedächtnis beschreiben.

Der erste Zwischenfall ereignete sich in der Nähe eines Stammes am Rio Branco, den Mucajaí, im Gebiet des Rio Branco. Das genaue Jahr hat man vergessen, aber es war in der Zeit, als die Kautschukbarone ihre großen Paläste und das wunderschöne Opernhaus in Manaus bauten. Einer der unternehmungslustigeren Barone hatte einen Trupp von Männern zu den Mucajaí geschickt, um nach *balata*, einer minderen Sorte Kautschuk, zu suchen.

Nachdem sie ihre Boote mühsam um einige Katarakte im Fluß herumgetragen hatten, beschlossen sie, ihr Lager schon aufzuschlagen, obwohl es erst drei oder vier Uhr nachmittags war. Sofort fiel ein riesiges, wildes Geschöpf über sie her, das ungefähr zweieinhalb oder drei Meter hoch war und sich seinen leeren Magen offensichtlich auf Kosten der Kautschuksammler füllen wollte. Glücklicherweise hatten zwei der Männer ihre Gewehre zur Hand. Sie schossen beide auf das schreckliche Ungeheuer und trafen es offensichtlich in den Brustbereich. Daraufhin floh es rasch, bis sie es im dichten Unterholz, das sich am Flußufer entlangzog, nicht mehr sahen.

Schwerbewaffnete Männer machten sich auf die Suche nach dem seltsamen Wesen, sie fanden jedoch nichts.

Diese kurze Geschichte von längst vergangenen Ereignissen wurde vom Großvater über den Vater an den Sohn weitererzählt. Dabei wurde das Tier so beschrieben: »Es war ungefähr zweieinhalb oder drei Meter groß, hatte eine Art gewölbten, runden

Kopf und eine lange Schnauze, große spitze Zähne (wobei die Zähne sich leicht nach innen wölbten) und einen plumpen Körper. Es hatte einen langen, sehr dicken Schwanz und stand wie ein Mensch auf zwei Beinen. Es hatte auch zwei Arme wie ein Affe oder ein Mensch, nur daß sie im Verhältnis zu seinem Körper zu kurz geraten waren.«

Als das Tier zum zweiten Mal gesichtet wurde, geschah dies unter weniger dramatischen Umständen und viele Jahre später, Hunderte von Kilometern entfernt. Es war im Dezember 1930 oder 1931. Der Vorfall ereignete sich am Oberlauf des Ipixuna, nicht weit von der peruanischen Grenze entfernt.

Ein Jäger namens Jaime Ferreira de Souza war mit seinem Kanu in einen kleinen Fluß gefahren. Er jagte große Flußottern, die damals noch wesentlich zahlreicher waren als heute. Hinter einer Biegung sah er »ein schreckliches Ungeheuer, das an etwas fraß, das aussah wie die Überreste eines Tapirs«. Das Ungeheuer kehrte de Souza teilweise den Rükken zu, so daß es ihn nicht sehen konnte. Ohne weiter nachzudenken, drehte er sein Kanu um und war schnell außer Sichtweite. Als er wieder auf dem Ipixuna war, paddelte er flußabwärts drei Indianerstämme weiter zum entgegengesetzten Flußufer, bevor er seine Jagd wiederaufnahm.

Er beschrieb das Tier wie folgt: »Es stand vornübergebeugt, wäre aber aufrecht bestimmt zwei

Meter groß gewesen. Um den Tapir während des Fressens festzuhalten, gebrauchte es seine Vorderbeine oder Arme. Ich konnte es zwar nur von hinten sehen, aber ich glaube, es hatte einen runden Kopf und vielleicht eine lange Schnauze. Ich bin so schnell abgehauen, daß mir vielleicht nicht alles im Gedächtnis haften geblieben ist. Ich erinnere mich jedoch auf jeden Fall, daß es einen langen, dikken Schwanz und muskulöse Hinterbeine hatte. Es stand im Wasser, deshalb habe ich seine Füße nicht gesehen.« Als er nach Hautbeschaffenheit und Farbe gefragt wurde, erklärte er, die Haut sei so rauh wie die eines *jacaré* (Kaiman) und grünlich-grau gewesen.

Nur zwei Augenzeugenberichte über so ein großes Tier, und diese im Abstand von so vielen Jahren, sind wohl kaum ein Beweis dafür, daß es solche Tiere gibt. Selbst die Tatsache, daß beide Beschreibungen fast identisch sind, bedeutet wenig. Aber vielleicht sollte man solchen Dingen aufgeschlossener gegenüberstehen. Erst vor wenigen Jahren ist das Okapi in den afrikanischen Urwäldern entdeckt worden – Urwälder, die flächenmäßig viel kleiner sind als der riesige Amazonasdschungel. Okapis sind größer als Kühe, eine Art Kurzhalsgiraffe.

Ein weiteres unbekanntes Tier ist jahrhundertelang Bestandteil indianischer Legenden gewesen, dann wurde es fotografiert und bekam einen vorläufigen wissenschaftlichen Namen: *Ameranthropoides loysi.* Es ist ein Affe, der fast so groß ist wie ein kleiner Mann. Für gewöhnlich wird seine Höhe auf ein Meter fünfzig bis ein Meter sechzig geschätzt.

Die Affen der Neuen Welt sind im allgemeinen klein. Die größten, Spinnenaffen und Brüllaffen, werden selten größer als ein Meter. Wenn es *Ameranthropoides loysi* wirklich gibt (manche bezweifeln das, weil es nur ein einziges Foto gibt – das ist allerdings hervorragend – und weil die Erzählungen von Indianern und Siedlern nicht den gleichen Wert haben wie ein lebendes Exemplar oder zumindest Knochen oder Fell) und wenn er für gewöhnlich auf eine menschenähnliche Weise auf seinen Hinterbeinen aufrecht geht, dann wäre es zumindest verblüffend, einem über den Weg zu laufen, wenn man im Dschungel spazierengeht.

In der Gegend von Guajará wird von ähnlichen, aber wahrscheinlich anderen Affen erzählt, die in dem auf keiner Karte verzeichneten Dschungelgebiet irgendwo in der Nähe eines riesigen Sumpfes im Süden des Rio Ipixuna einmal gesehen worden sind. Die Tatsache, daß jemand sie gesehen hat, hätte sich zu den Erinnerungen der Menschheit gesellt, von denen jeder von uns ungezählte Myriaden in seiner Seele birgt, und die unüberliefert untergehen, wenn wir sterben, wenn nicht eines faulen Nachmittags bei den Männern, die auf der

Vordertreppe von Moacyrs *botequim* saßen, das Gespräch darauf gekommen wäre.
Die *botequim* war immer der beste Ort im Dorf zum Faulenzen, wenn man Zeit zum Faulenzen hatte. Der Pfad, der vor dem winzigen Laden mit Kneipe vorbeiführt, geht durch den Dschungel bis nach Floresta, das flußabwärts gute anderthalb Stunden zu Fuß entfernt liegt. Hier kann man sich mit seinen Freunden entspannen, einen Kaffee oder eine Limonade trinken, manchmal auch einen Softdrink (für gewöhnlich einen *guaraná*) oder manchmal auch etwas Stärkeres, wie einen Wermut oder ganz selten eine Flasche Bier. Für die an Starkbier gewöhnten Mägen gibt es eine normale *cachaça* oder eine *cachaça com limão*. Ganz schön stark.
Der Pfad erreicht hier den höchsten Punkt von Guajará und läßt den Juruá dreißig Meter unter sich. Man kann von hier aus den Fluß überblicken und die Leute, die vorbeikommen, beobachten. Und weil der Platz so hoch liegt, geht immer ein Wind, der die Moskitos und *piuns* fernhält und an heißen Tagen für erträgliche Kühle sorgt.
An diesem Nachmittag saßen dort sechs Männer, die sich ganz normal über das Wetter, die Ernte und das Vieh unterhielten. Niemand achtete wirklich darauf, was gesagt wurde. Der Tag war so schön. Es war einfach nur angenehm, dort zu sitzen.
Einer der sechs Männer war Paulo Moraes, ein

Jäger – ein Fellhändler, könnte man sagen –, der innerhalb des Ortes in dem Teil von Guajará wohnte, den die Dorfbewohner »das Zentrum« nannten, der allerdings richtiger »der Außenbezirk« hätte heißen müssen, weil seine Lage, flußabwärts Richtung Floresta, am weitesten von der Ortsmitte entfernt war. Paulo langweilte die belanglose Plauderei. Er wollte sich gerade von der obersten Treppenstufe, auf der er saß, erheben, als eine zufällige Bemerkung ihn veranlaßte, weiter sitzenzubleiben. Das Gespräch war vom Wetter auf Getreide und auf Bananen gekommen und von dort auf Affen. Alonzo, aus Principe auf der anderen Seite des Flusses, hatte erwähnt, daß eine Horde von Affen seine Bananenbäume geplündert habe. Obwohl es jeden Tag auf den Farmen in der Umgebung vorkam, daß Affen die Felder verwüsteten, erregte diese Bemerkung Paulos Interesse, weil er seinen Lebensunterhalt damit verdiente, daß er Tiere wegen ihrer Felle jagte. Allerdings waren Affenfelle nicht besonders wertvoll. Die einzigen Tiere, die er jagte, waren Jaguare, Baumozelote und andere katzenartige Raubtiere und manchmal nachts Kaimane, die Artgenossen von Krokodilen und Alligatoren.
»Diese Affen stehlen einfach alles«, sagte Alonzo.
»Zu schade, daß nicht mehr Leute sie gerne essen«, sagte Zé Maia, der Sohn von *seu* Bonifacio und Dona Santa. »Dann gäbe es nicht so viele. Alle würden sie jagen.«

»Meine Schwiegermutter ißt sie für ihr Leben gern«, warf Zé Magro ein. »Sie ißt so gut wie alles.«
»Sie schmecken auch gut«, sagte Alonzo. »Aber für mich sehen sie zu menschenähnlich aus, ich kann sie nicht essen.«
»Wenn ich schrecklichen Hunger hätte, würde ich wahrscheinlich einen essen«, pflichtete *seu* Estevão, der *curandeiro*, ihm zu, »aber ich käme mir vor wie ein Kannibale.«
»Wißt ihr, das erinnert mich an eine Geschichte, die mir mein Vater einmal über einen Affen, den er gegessen hat, erzählte«, sagte Moacyr, der Sohn des Besitzers der *botequim.* »Er hatte irgendwo in der Nähe eines Sumpfes, der in den Rio Ipixuna fließt, Jaguare gejagt. Kurz nachdem er einen Affen, der so groß war wie ein Mann, erlegt hatte, bekam er Fieber. Er enthäutete den Affen und wollte das Fell mit nach Hause nehmen. Er wollte es für viel Geld verkaufen, weil noch niemand jemals zuvor einen so großen Affen gesehen hatte. Das Fieber hatte ihn so geschwächt, daß er nicht mehr die Kraft besaß, um nach Nahrung zu jagen, deshalb mußte er den Affen essen. Aber er hob das Fell auf, bis er es irgendwo im Sumpf verlor. Er sagte, das Fieber sei so schlimm gewesen, daß er sich noch nicht einmal erinnern könne, wie er nach Hause gekommen sei.«
Jetzt war Paulos Interesse endgültig geweckt. Erst letzte Woche hatte João Saad, der Händler, der

seine Felle kaufte, ihm von einem Riesenaffen erzählt, von dem er von ein paar Indianern, die drüben am Ituí wohnten, gehört hatte. Er konnte sich noch genau an seine Worte erinnern. »Wenn du einen für mich findest, Paulo, werde ich dir soviel dafür bezahlen, daß du zwei oder drei Jahre nicht mehr auf die Jagd zu gehen brauchst. Ich kenne einen Wissenschaftler in Manaus, der für so ein Tier jede Summe bezahlen würde.«

»Das ist eine gute Geschichte, Moacyr«, sagte Paulo. »Aber Affen werden nicht so groß. Dein Vater hat wahrscheinlich im Fieber Dinge gesehen, die es gar nicht gab.«

»Nein. Er schwört, daß das wahr ist. Er ist hinten im Haus. Ich gehe ihn holen, dann kann er es dir selber erzählen.«

Während Moacyr sich auf die Suche nach seinem Vater machte, begannen die Männer über die verschieden großen Affen, die sie schon gesehen hatten, zu diskutieren. Niemand hatte jemals einen mannsgroßen Affen gesehen, abgesehen von *seu* Estevão, der sagte, er habe im Zoo von Rio de Janeiro welche gesehen, die Gorillas hießen. Aber die stammten aus Afrika, nicht aus Brasilien.

Kurz darauf kam Moacyr mit seinem Vater, der auch Moacyr hieß, zurück. Er wurde Moacyr Velho, der alte Moacyr, genannt, damit man zwischen den beiden unterscheiden konnte. Moacyr Velho bestätigte die Geschichte seines Sohnes, erklärte aber, daß der Affe, den er getötet hatte, nicht genauso groß wie ein Mann gewesen sei, sondern eher wie eine Frau, vielleicht etwas größer als einen Meter fünfzig.

Paulo beobachtete Moacyr Velho, als er seine Erfahrung mit dem Riesenaffen vor über dreißig Jahren erzählte. Obwohl er altersschwach war – gebeugt von Arthritis und einigen anderen Krankheiten, ein Auge hatte er bei einem Unfall verloren, und den Wadenmuskel seines linken Beines hatte der Biß eines Jaguars zerfetzt –, war er geistig noch rege und hatte ein hervorragendes Gedächtnis. Außerdem war er die glaubwürdigste Person, die Paulo jemals kennengelernt hatte. Er untertrieb immer alles, was er sagte, einfach, weil er sich keiner Übertreibung schuldig machen wollte. Er war religiös, aber tolerant den Sünden der anderen gegenüber, und niemals frömmelnd, und über seine eigenen Fehler, obwohl sie meistens nur geringfügig waren, regte er sich selbst am meisten auf. Paulo wußte, daß er ihm jedes Wort glauben konnte.

»Es ist schon so lange her«, sagte er. »Aber ich kann mich noch sehr gut daran erinnern. Es ist an einem so schrecklichen Ort passiert, daß ich hinterher Alpträume davon gehabt habe. Da ist ein riesiger Sumpf. Er ist endlos. Und irgendwas ist im Wasser oder in den Früchten oder den Moskitos oder sonstwo, das einen Dinge sehen läßt, die gar nicht da sind.«

»Halluzinationen«, warf der *curandeiro* ein.
»Ja. Halluzinationen und Alpträume«, fuhr Moacyr Velho fort. »Immer, wenn ich nachts geträumt habe und aufgewacht bin, hörten meine Träume stundenlang nicht mehr auf. Ich versuchte, sie zu verdrängen, aber sie kamen immer wieder zurück. Auf jeden Fall hatte ich ein schreckliches Fieber und wurde diese Halluzinationen nicht los, und ich saß da unter einem Baum, als ich diesen großen Affen sah, der einfach nur dastand und mich anstarrte. Er stand auf zwei Beinen, genau wie ein Mensch, und hatte riesengroße Augen. Aber . . . bevor ich fortfahre . . . ich habe vergessen, euch zu erzählen, daß ich aus dem Sumpf heraus war. Ich war entweder auf der anderen Seite oder auf einer Insel in der Mitte. Ich weiß nicht genau. Auf jeden Fall dachte ich zuerst, daß der Affe nur wieder so eine Halluzination sei, aber wie sehr ich mich auch bemühte, ich konnte mich nicht zwingen, ihn nicht zu sehen. Er war echt. Also erschoß ich ihn. In meinem Fieber glaubte ich, er sei der Teufel und er sei gekommen, um mich zu holen.
Er gab kein Geräusch von sich, auch nicht, als ich ihn erschoß. Er fiel einfach tot um. Zuerst hatte ich ein schlechtes Gewissen, ihn umgebracht zu haben, weil er so menschlich aussah, aber dann drehte ich durch. Ich war am Verhungern, und wahrscheinlich wäre ich gestorben, weil ich seit Tagen fiebernd herumlag und nicht mehr die Kraft hatte, etwas zu

essen zu suchen, also zog ich ihm das Fell ab und aß ihn. Ich aß ihn roh, weil ich meine Streichhölzer und meinen Feuerstein verloren hatte. Aber er hat mir das Leben gerettet, weil er mir die Kraft gab, da wieder herauszufinden.

Am schlimmsten jedoch war die Nacht danach. Ich hatte ihn genau in der Dämmerung getötet und gegessen und wollte am nächsten Morgen versuchen, nach Hause zu kommen. Ich muß fest geschlafen haben, weil ich mich nicht erinnern konnte, geträumt zu haben, als ich plötzlich von einem schrecklichen Geschrei aufwachte. Es kam von überallher. Dann wurde ich plötzlich mit Ästen und . . . (hier blickte er sich um und sah, daß zwei kleine Mädchen, Fatima und Mariquinha, seiner Geschichte zuhörten) . . . mit Ästen und mit . . . hm, Dung bombardiert. Es müssen noch mehr von diesen Affen dagewesen sein, weil nur Affen Menschen mit ihrem Dung bewerfen.

»Auf jeden Fall«, fuhr er mit einem Schaudern fort, »haute ich sofort ab. Ich rannte und stolperte stundenlang in diesem verfluchten Sumpf herum. Glücklicherweise schien der Mond hell genug, so daß ich meinen Weg erkennen konnte. Wenn nicht, wäre ich ertrunken oder von Schlangen gebissen worden, die es dort überall gab.

Schließlich erreichte ich den Hochdschungel und lungerte dort ungefähr eine Woche herum. Ich ernährte mich von Obst und Tieren, die ich in der

Falle fing – mein Gewehr hatte ich verloren –, bis ich mich wieder erholt hatte. Dann bin ich nach Hause gegangen.«

»Warum waren Sie überhaupt da, *seu* Moacyr?« fragte Alonzo.

»Früher war ich so wie Paulo. Ein Dickschädel. Ich war hinter einem Jaguar her und verfolgte ihn tagelang. Ich sah, daß seine Spuren in den Sumpf gingen, also lief ich einfach hinterher. Das mache ich nie wieder.«

Alle waren zu höflich, um zu bemerken, daß er das, verbraucht und verkrüppelt wie er war, zweifellos nie wieder können würde.

Die Männer saßen noch eine Stunde da und redeten über den Affen und andere, banalere Themen, bis einer nach dem anderen aufstand und wegging. Paulo blieb. Er wollte mehr über diese riesigen Geschöpfe erfahren.

»*Seu* Moacyr«, bat er, »können Sie mir sagen, wie man dorthin kommt?«

»Ich wußte, daß du das fragen würdest, Paulo«, erwiderte der alte Mann. »Du bist genauso, wie ich in deinem Alter war. Abenteuerlustig und verwegen.

Nun, ich kann dir in groben Zügen sagen, wie du dorthin kommst, aber nicht ganz genau. Ich habe damals einen Jaguar gejagt und bin nicht geradewegs dorthin gegangen.

Ich bin ungefähr vier Tage lang ziemlich direkt

nach Westen und leicht nach Norden gegangen, bis sich der Jaguar weitere zwei Tage nördlich wendete. Dann bin ich zu einem Hügel, einem ziemlich hohen Hügel gekommen. Der Jaguar ihn direkt hinaufgerannt und auf der anderen Seite wieder hinunter, durch eine tiefe Schlucht, die in den Sumpf führte. Diese Schlucht war fast ein Tunnel. Die Bäume auf beiden Seiten standen so dicht, daß sie kein Licht durchließen. Ich hatte Glück, daß mich da keine Schlange gebissen hat. Ich habe bestimmt eine Stunde gebraucht, bis ich am anderen Ende wieder raus war. Genau da, wo der Tunnel aufhört, fängt der Sumpf an. Dieser schlaue alte Jaguar fing einen Otter und fraß einen Teil davon, dann ging er in den Sumpf, und dort habe ich ihn verloren.«

»Also«, sagte Paulo, »du bist vier Tage lang direkt nach Westen, aber auch leicht nach Norden gegangen. Dann bist du zwei Tage lang direkt nach Norden gegangen, bis du zu einem hohen Hügel kamst. Richtig?«

»Ja, aber das ist jetzt dreißig Jahre her. Der Sumpf ist vielleicht gar nicht mehr da.«

»Der Hügel wird aber noch dasein«, stellte Paulo fest. »Das kann sich in dreißig Jahren nicht geändert haben.«

»Wahrscheinlich nicht. Aber hör auf meinen Rat. Geh nicht. Das ist doch deine Absicht, oder?«

»Vielleicht. Wenn ich zufällig in der Richtung bin . . .«

»Tu es nicht. Du kommst vielleicht nicht mehr zurück. Denk auch daran, daß Noemi ein Kind erwartet.«

Mit dieser freundlichen Warnung machte sich Paulo auf den Heimweg. Es wurde schon dunkel. *Seu* Moacyrs Bemerkung über die Schwangerschaft seiner Frau machte ihm zu schaffen, aber . . . nein, er würde später darüber nachdenken, nahm er sich vor.

Nachdenklich wanderte er den dunkler werdenden Pfad entlang und grübelte über die Riesenaffen nach. Er war davon überzeugt, daß er einen fangen konnte, wenn es sie wirklich gab. Und daß es sie wirklich gab, bezweifelte er nicht. Moacyr Velho log nie, und die Tatsache, daß auch ein paar Indianer welche gesehen hatten, wenn auch nicht in der gleichen Gegend, machte das Ganze fast absolut sicher.

Nur wenige Menschen kannten den Dschungel besser als Paulo. Er war dschungelerfahren, und außerdem war er noch jung (einunddreißig), stark, gesund und vor allem hartnäckig. Er sah nicht aus wie ein Jäger. Wenn er einen Anzug hätte tragen müssen, was er noch nie getan hatte, hätte man ihn für einen Bankangestellten oder vielleicht für einen Büroangestellten halten können. Er hatte dunkelbraune Augen und dunkles, lockiges Haar. Seine Züge waren feingezeichnet, fast wie die eines jungen Mädchens, und wurden nur durch eine lange, bleistiftdünne Narbe, die von seinem linken Ohr zum Kinn verlief, beeinträchtigt. Und doch hatte er trotz seiner fast zarten Erscheinung die Robustheit und den Stoizismus seiner portugiesischen Vorfahren geerbt, die wie die anderen Maranhão-Generationen vorher zum Juruá gekommen waren. Er konnte da, wo andere nur überlebten, ein schönes Leben führen.

Zwei Wochen vergingen, bevor Paulo bereit war, sich auf die Suche nach den Riesenaffen zu begeben. In der Nacht, bevor er sich auf den Weg machte, begann er zu Hause die Ausrüstung zusammenzustellen, die er für eine ausgedehnte Reise brauchte. Er wollte nur ganz wenige Dinge mitnehmen: sein Gewehr, eine Kiste mit Patronen, sein Buschmesser, ein paar Angelhaken und eine Angelschnur, eine Taschenlampe, ein paar Streichhölzer in einer wasserundurchlässigen Blechdose und ein paar Feuersteine für den Fall, daß die Streichhölzer doch naß würden. Das war alles. Alles andere würde ihn nur unnötig belasten. Im Urwald würde er genug zu essen und zu trinken finden und auch ein Bett für die Nacht.
Er saß bei Kerzenlicht auf der Kante seiner Hängematte und reinigte sein Gewehr, als Noemi hereinkam. Vorsichtig – sie war im achten Monat schwanger – ließ sie sich auf ihre Hängematte nieder und sah Paulo an.

»Paulo, bitte geh nicht«, sagte sie. »Ich habe so eine Vorahnung, daß du nie mehr zurückkommst.«
»Sieh mal . . .«, begann er gereizt, weil sie schon den ganzen Tag über seinen Aufbruch gestritten hatten. Aber dann stand er abrupt, ohne den Satz zu beenden, auf und sagte halb ärgerlich: »Ich komme gleich zurück. Ich brauche mehr Öl für mein Gewehr.«
Im anderen Zimmer holte er das Öl, das er gar nicht wirklich brauchte. Er hatte es als Vorwand genommen, um seine Gedanken zu ordnen. Er und Noemi sehnten sich beide nach einem Kind. Nach sieben langen Jahren und vier Fehlgeburten sah es nun so aus, als ginge ihr Wunsch endlich in Erfüllung. Nur noch vier Wochen. Wenn wir nur das Geld nicht so dringend brauchten, dachte er. Ich werde es noch einmal versuchen. Wenn ich sie nicht davon überzeugen kann, daß mir nichts passieren wird, bleibe ich hier. Es ist jetzt nicht angebracht, daß sie sich aufregt.
Er blickte durch die Tür. Noemi saß immer noch mit abgewandtem Gesicht in der Hängematte. Ihre Niedergeschlagenheit war so offensichtlich, daß man sie beinahe mit Händen greifen konnte. Sie breitete sich aus und hüllte sie beide ein.
Als er sah, daß sie den Tränen nahe war, ließ sich Paulo beinahe erweichen. Die meisten Männer gewöhnen sich an die Tränen ihrer Frauen, aber bei Paulo war das nicht so. Noemi weinte selten, und

deshalb würde er, wenn sie es tat, alles für sie tun. Er liebte sie nach all den Jahren immer noch genauso tief wie bei ihrer ersten Begegnung. Und gerade jetzt war sie ein Teil von ihm. Besonders in ihrer Schwangerschaft war sie außergewöhnlich reizend: rosige Wangen, leuchtende Haare und große braune Augen mit goldenen Sternchen.

Aber nein. Seine Argumente hatten immer noch Gültigkeit. Sie hatten immer noch Schulden bei Dona Beija-flor für diese drei Morgen Land. Sie brauchten Kleidung für das Baby. Er wußte, daß sich Noemi schon seit langem ein Radio mit Kurzwellensender wünschte. Außerdem würden sie dann auch Batterien für das Radio brauchen.

Er ging zurück ins Zimmer und setzte sich wieder in seine Hängematte. Er blickte sie an. »Noemi«, begann er, »wir haben den ganzen Tag darüber gestritten, und es bringt uns nicht weiter.«

Noemi sah ihn an. Dann tat sie etwas, was sie schon einmal gemacht hatte, als ein Streit zu schlimm geworden war – sie lächelte; ein wunderschönes Lächeln. Paulo hatte das unbezwingliche Bedürfnis zu sagen: »Ich habe beschlossen, zu Hause zu bleiben.« Noemi sah es ihm an, aber sie sagte: »Du hast recht, Paulo. Und ich habe auch recht. Geh, aber versprich mir, daß du in zwei Wochen wieder zurück bist.«

Paulo war so sprachlos, daß er nur erwidern konnte: »Ich verspreche es.«

»Dann hol deine Hängematte näher an meine heran und halt meine Hand fest, bis wir einschlafen. Machst du das?«
»Sofort«, sagte er und legte sein Gewehr weg. Er hängte seine Hängematte direkt neben ihre und blies die Kerze aus.
Es ist so gut, hier zu liegen und seine wunderbare Hand festzuhalten, dachte sie.
Es ist so gut, hier zu liegen und ihre wunderbare Hand festzuhalten, dachte er.
Am nächsten Morgen, dem Morgen, an dem er aufbrechen wollte, machte Noemi ein üppiges Frühstück für Paulo mit gebutterten *macaxeiras*, gebratenem Wildbret, vier Eiern und einem halben Topf voll süßem Getreidepudding. Sie packte ihm auch ein paar Scheiben Wildbret und ein paar kleine, gefleckte Bananen für seine erste Mahlzeit im Dschungel in einen Leinenbeutel.
Nachdem er sich sein Gewehr an der selbstgemachten Schnur über die Schulter gehängt hatte, ging er zu Noemi und küßte sie sanft auf den Mund. Er flüsterte: »Ich liebe dich. Ich komme zurück.«
»Denk an dein Versprechen, daß du in zwei Wochen wieder dasein willst.«
»*Tá.*«
Nach ungefähr fünfzehn Schritten drehte er noch einmal um, ging zurück und nahm sie noch einmal in die Arme. Schon seit langem war er sich darüber

im klaren, daß sie von ihnen beiden die Klügere war, und für gewöhnlich hörte er auf sie und richtete sich nach ihrer Meinung. Aber seit sie schwanger geworden war, war sie manchmal ein bißchen kindisch.
Es war ein herrlicher Morgen. Die Hitze des Tages war noch fern und wartete darauf, daß die Kühle der Morgendämmerung verschwand. Überall spielten und lachten Kinder, die sich nur zögernd für die Schule bereit machten. Farmer schulterten Hacken und Macheten für die Arbeit auf den Feldern. Fischer trugen ihre Netze zum Fluß. Frauen gingen mit Kleiderbündeln zum Waschen an den Bach. Alles strahlte Frieden aus. Die Welt war wundervoll frisch und wohlriechend.
Guajará ist nicht besonders groß. Eigentlich ist es sogar ziemlich klein. Aber es ist ein freundlicher Ort, und jeder kennt jeden. Die meisten Einwohner sind sogar irgendwie miteinander verwandt. Paulo brauchte eine ganze Stunde bis zum Dschungel. Eigentlich geht man nur fünf Minuten.
Er begegnete seinen Nichten, Neffen und Patenkindern auf ihrem Weg zur Schule. Da waren Chiquinha, Mariquinha, Soninha, Joãozinho, Jaime, Sandra, Fatima, Suely . . . eine endlose Liste. Alle baten ihn um seinen Segen und wollten geküßt, umarmt oder auf den Kopf getätschelt werden. Seine Nichte Fatima trödelte am längsten herum. Sie rannte auf ihn zu und starrte ihn wortlos an. Er

lächelte und schüttelte den Kopf. Sie liebte den Dschungel so wie er, aber er konnte sie natürlich nicht mitnehmen. Er umarmte sie und zauste zärtlich ihr langes Haar.

Auch alle anderen Nachbarskinder winkten ihm zu und wollten wissen, wo er hinginge. Von allen Erwachsenen im Ort war er ihr Liebling. Er brachte immer wundervolle neue Dinge aus dem Dschungel mit. Und keiner wagte wie er, alleine den Jaguar zu jagen.

Auch seine früheren Spielkameraden waren da, mittlerweile alle erwachsen und mit eigenen Familien. Dort drüben winkte Guilherme. Yonder war zu weit entfernt, um ihn zu erkennen, winkte aber trotzdem. Bernadette bat ihn, ihr einen jungen Papagei mitzubringen. Adalgisa lächelte und sagte hallo. Vicente ging an ihm vorbei und schlug ihm freundschaftlich auf den Arm. Eine seiner Schwestern, Thereza, gab ihm einen Kuß und bat ihn, ihr einen jungen Affen mitzubringen. Entweder ein Spinnenäffchen oder ein Krallenäffchen, aber bitte keinen Brüllaffen. Ein Brüllaffe würde nachts mit seinem Gebrüll alle aufwecken.

Natürlich kam auch Bom Jesus gelaufen. Er rieb seinen Rücken an Paulos Bein und schnurrte. Paulo klopfte und streichelte ihn, dann nahm er ihn hoch und stellte ihn in umgekehrter Richtung wieder auf die Erde. So machten die Dorfbewohner ihm klar, daß er nicht mitgehen konnte. Bom Jesus miaute vorwurfsvoll. Aber dann erblickte er Fatima und rannte ihr hinterher. Vielleicht würde *sie* mit ihm in den Dschungel gehen.

Paulo hörte, wie sein Name gerufen wurde. Als er sich umdrehte, sah er Vater O'Malley in der Tür zur Kapelle stehen; er war, wie jedes Jahr, für drei Wochen zu Besuch in Guajará. Sie winkten einander zu. Er und der Priester waren enge Freunde geworden. Sie wunderten sich beide darüber, warum manche Vogeleier gesprenkelt waren und manche nicht. Warum waren manche Schmetterlinge blau und andere gelb? Sie verbrachten Stunden damit, sich über die Natur zu unterhalten und sich dazu Fragen zu stellen. Manchmal konnte der eine Antwort geben – manchmal der andere – manchmal keiner von beiden.

Die älteren Leute waren heute deprimierend. Von Dona Santa kam: »Lauf wieder nach Hause, Paulo. Deine Frau kann jeden Moment ihr Baby bekommen.« Von Dona Pipira: »Komm bald zurück, Paulo. Denk daran, daß Noemi in einem Monat soweit ist.« Von *seu* Aldyr: »Bleib nicht zu lange weg, Paulo.«

Als er endlich bei den Kornfeldern angekommen war, war er niedergeschlagen. Bei den Zuckerrohrfeldern kam zu seiner Niedergeschlagenheit noch Schuldbewußtsein. An der verrufenen Stelle hinter dem Dorf, dem See der Toten, schlichen sich leise Zweifel ein. Aber als ihn der grüne Wald erwartete, vertrieb seine Ungeduld all diese traurigen Gefühle. Er beschleunigte seine Schritte.

Es gibt eine Krankheit, vielleicht nicht gerade eine richtige Erkrankung, vielleicht eher eine Verzauberung. Diese Verzauberung befällt einige von uns, die ihr süßes Lied hören, eine verzauberte Melodie, die in der menschlichen Rasse eine schlafende Erinnerung weckt. Die meisten hören sie nie. Sie ist sehr alt. Unvorstellbar alt. Dieses Lied erklingt für jeden. In den Tiefen unserer Erinnerung gibt es eine verschlossene Tür, gegen die es ansingt. Wenn wir es nur hören könnten. Wenn wir es nur sehen könnten.

Paulo hatte diese Krankheit. Ihm selbst unbewußt hörte er in den Tiefen seiner Seele dieses Lied – er hatte es immer gehört. Es ist das alte Lied der Geister des Waldes, die ihre Kinder heimrufen. *Sieh, wie wunderschön wir sind*, singen sie. *Bleib bei uns. Wir sind die Pakas, das Reh, der Jaguar. Wir sind die Bäume, die Blumen, die Vögel. Wir sind die langsamen, langsamen Faultiere und die grünen, grünen Flechten. Komm zu uns. Wir sind dein Zuhause.*

Paulo hörte ihren Gesang. Als er Guajará an diesem Morgen verließ, ging er nach Hause.

Paulo ließ sich Zeit. Er folgte der Richtung, die Moacyr Velho ihm beschrieben hatte. Er hatte ihm gesagt, daß er jeden Tag mehrere Kilometer gegangen war, aber ohne Eile. Ungenaue, aber immer noch brauchbare Richtungsangaben, selbst nach dreißig Jahren.

Im Hochdschungel, und das war dieser Dschungel, ist keine Sonne. Es gibt nur grünes Licht, das durch die Blätter oben gefiltert wird. Für jemanden, der in der Dämmerwelt geboren wurde, ist es eine Sache des gesunden Menschenverstandes, die Richtung zu finden, die einem jemand angegeben hat. Westen, die Richtung, die Paulo einschlug, ist dort, wo das Licht morgens am gedämpftesten und nachmittags am hellsten ist. Die Richtung zu finden ist zum Teil auch eine Frage des Instinkts. Diejenigen, die sich im Dschungel zu Hause fühlen, wissen selbst an bewölkten, regnerischen Tagen, wohin sie gehen. Wie? Darauf gibt es keine Antwort. Niemand weiß wie.

Das Essen, das Noemi für ihn eingepackt hatte, reichte für den ersten Tag. Danach fing er Fische in Bächen und kleinen Flüssen und pflückte Früchte von Bäumen und Büschen. Früchte gibt es normalerweise reichlich – reichlich, das heißt, wenn man weiß, welche eßbar und nicht giftig sind. In einem Sprichwort heißt es, daß die Früchte, die die Affen essen, normalerweise auch von Menschen gegessen werden können. Im allgemeinen trifft das zu, es gibt jedoch Ausnahmen. Viele Jäger haben dies erfahren müssen, nachdem sie mitten in der Nacht mit Magenkrämpfen und Erbrechen aufgewacht

sind. Paulo jedoch kannte den Unterschied. Ihm gab der Dschungel freigebig von seinem Überfluß.
In der Nacht fand Paulo zwischen den hohen Wurzeln der Urwaldriesen, die einen umgeben wie Burgverliese, warme Nester zum Schlafen. Zuerst kratzte er immer den Boden frei von Zweigen und vor sich hin faulenden Blättern, um sicherzugehen, daß er nicht auf einem Ameisenhügel, einer Skorpionhöhle oder auf einem Schlangennest lag. Höchst unbequem.
Dschungelnächte sind die schwärzesten aller Nächte. Nur eine tiefe Höhle ist damit zu vergleichen. Oder für die, die Angst vor dem Dschungel haben, ist es vielleicht wie der Hades, in dem alle Feuer erloschen sind. Manchmal, aber nur manchmal scheint ein Mondstrahl durch den Baldachin über einem; aber er erhellt nichts. Es ist nur tröstlich und hübsch, wenn man ihn sieht. Eine Erinnerung daran, daß mit dem Morgen die Wirklichkeit wieder beginnt.
Für Paulo waren die Nächte im Dschungel friedlich. Die Erde mochte zwar hart und ein wenig feucht sein, er jedoch fühlte sich mit seinem Rucksack als Kopfkissen und zusammengerollt auf dem Boden liegend ganz bequem. Nur in kalten Nächten entzündete er ein Feuer. Meistens achtete er nicht auf die Geräusche, die geheimnisvoll aus dem Dunkel drangen, und dachte statt dessen über all-

tägliche Dinge nach. Manchmal fiel ihm etwas ein, das er erledigen mußte, oder Probleme, die zu lösen waren. Manchmal jedoch spielte er auch mit den Geräuschen der Nacht und versuchte, Schritte oder andere verstohlene Laute zu erkennen. Ein Zweig, der leise knackte – ein Reh. Zweige, die laut knackten – ein Pekani. Ein schriller Schrei aus den Baumwipfeln – ein Affe, der von einem nächtlichen Beutetier gepackt worden war. Paulo machte dies alles keine Angst. Wenn wir in dunklen Nächten in unseren sicheren Wohnungen wach liegen, hören wir das Ticken der Uhr, eine Fehlzündung von der Straße, einen Zug, der in der Ferne von irgendwo nach irgendwo rattert. Wir wissen, was das für Geräusche sind, und haben normalerweise keine Angst. Paulo kannte die Dschungelgeräusche und hatte auch keine Angst vor ihnen.

Er schloß die Augen. Sofort dachte er an Noemi. Nein! Wenn ich an sie denke, schlafe ich nie ein. Der *curandeiro.* Woher weiß *seu* Estevão immer das Geschlecht eines Kindes, noch bevor es geboren ist? Dona Pipira war normalerweise die Hebamme. *Seu* Estevão untersuchte nur selten schwangere Frauen. Woher wußte er, daß sie eine Tochter bekommen würden? Ihre Tochter. Noemi. Nein! Vieh. Ihre beiden Kühe. Noemi, die sie auf die Weide führte. Er gab auf. Er dachte an Noemi und schlief nicht besonders gut.

Vier Tage lang ging er leicht nach Nordwesten und zwei Tage lang nach Norden. Es war eine angenehme Reise. Die hohen Bäume ließen keine Sonne durch, deshalb war das Unterholz nicht hoch und behinderte ihn nur selten. Wenn man langsam ging und es sorgfältig vermied, zuviel Lärm zu machen, konnte man überall Tiere sehen. Es gab zahllose Rehe, Skunks, Opossums, Gürteltiere, Nasenbären, Affen, Pakas und Agoutis. Ebenso zahllos waren ihre Spuren und Fährten. Hier war ein Reh vorbeigekommen. Dort ein Puma. Hier ein Jaguar. Dort hatten Ameisen die Blätter von einem Baum gefressen. In Baumlöchern hausten Käfer und Spechte. Schwärme von Bienen kündeten von verborgenem Honig.

Am sechsten Tag suchte er sich kurz vor der Dämmerung den größten Baum an der höchsten Stelle aus, den er finden konnte. Er war ungefähr sechzig Meter hoch. Auf diesen Baum kletterte er, mühsam zuerst, weil der Stamm unten keine Äste hatte, dann leichter und schneller, als er die mittleren Zweige erreichte und Halt fand. Von den obersten Ästen, die leicht im Wind hin und her schwankten, blickte er über das grüne Meer von Bäumen unter ihm und sah, ungefähr eine Stunde Fußmarsch entfernt, im Nordwesten den hohen, bewaldeten Hügel, den Moacyr Velho ihm beschrieben hatte. Das mußte der richtige sein. Andere waren nicht zu sehen.

Obwohl es ihm nichts ausmachte, tief unten im Dschungel zu schlafen, beschloß er, diese Nacht im Baumwipfel zu verbringen, weil der untergehende, leuchtendrote Ball der Sonne ein so wunderschöner Anblick war und weil er auch einmal wieder die Sterne sehen wollte. Aus den Zweigen um ihn herum baute er in wenigen Minuten rasch einen Adlerhorst als Bett. Bevor er sich dorthin zurückzog, kletterte er noch einmal ein Stück den Baum hinunter, pflückte eine einsame Bromelie, die dort wuchs, holte die unglückseligen Ameisen, die darin ertrunken waren, heraus und hatte dann einen willkommenen Schluck warmes, süßes Wasser, denn die Arbeit hatte ihn durstig gemacht.

Als Kind waren für Paulo Baumwipfel herrliche Orte gewesen, die er am liebsten in der Morgen- oder Abenddämmerung besuchte. Hier umgab ihn das Dschungelleben in seiner rauhesten, lärmendsten Weise. Paulo kam es immer so vor, als seien die Tiere am glücklichsten in der Abenddämmerung, wenn sie sich auf den Schlaf vorbereiteten. Aber ganz gleich, ob sie nun glücklich waren oder nicht, laut waren sie bestimmt. Nur die Adler und die Habichte waren leise, wenn sie über den dunkler werdenden Himmel segelten. Ihre Gefährten, die Schwalben, steuerten sanftes Zwitschern zu dem Lärm bei, den die anderen Tiere verursachten. Hier in den Bäumen zankten sich die Vögel, allein oder in riesigen Schwärmen, um Schlafplätze, und wenn sie welche gefunden hatten, erzählten sie einander aufgeregt von den Ereignissen des vergangenen Tages. Es gab alle Arten von Vögeln. Da waren Aras, Schirmvögel, Hokkos, Tukane, gelbköpfige Papageien und blauköpfige Papageien, Tangare und Trogons und jede andere vorstellbare Art. Noch lauter waren die Affen; Klammeraffen, Brüllaffen, Wollaffen, Uakaris, Kapuzineräffchen, Totenkopfäffchen und Krallenäffchen. Weiter unten spuckte, zischte und miaute ein Baumozelot. Ein Wickelbär und eine Nasenbärfamilie fielen in das Konzert ein. Und im Hintergrund quakten und zirpten die unzähligen kleinen Baumfrösche, die auf der Suche nach Partnern waren oder einfach großartig anzeigen wollten, daß dieser und jener Ast ihr Territorium, ganz alleine ihres, waren. Hütet euch, ihr anderen Baumfrösche!

Paulo lag auf dem Rücken und sah zu, wie ein Stern nach dem anderen aufging, bis der ganze südliche Himmel übersät war mit ihrem glitzernden Licht. Sternschnuppen fielen, und ein einsamer Satellit zog langsam seine Bahn durch die schimmernden Lichter. Fledermäuse flogen durch den Nachthimmel, und eine Nachteule schrie auf der Jagd nach einer fetten Motte.

Er bewegte sich langsam und vorsichtig, damit er nicht herausrollte, und zündete sich eine Zigarette an. Er wollte die Krallenäffchenfamilie, die direkt unter seinem behelfsmäßigen Bett schlief, nicht stö-

ren. Sie waren seine Lieblingstiere – winzige Affenelfen, nicht größer als Blätter, die in jede Hemdtasche paßten.
Es dauerte lange, bis er einschlief. Die lieblichen Sterne, der Frieden und die Einsamkeit erinnerten ihn immer an Noemi. Seine Gedanken waren bei ihr, bis ihn schließlich der Schlaf übermannte.

Paulo blickte den Hügel empor, der vor ihm aufragte. Er schätzte ihn auf ungefähr hundertfünfzig Meter Höhe. Er war mit Bäumen und dichtem Gestrüpp bewachsen; es würde ein schwieriger Aufstieg werden. Wenn er nicht von Natur aus neugierig gewesen wäre, wäre er um seinen Fuß herumgegangen. Wenn der Sumpf auf der anderen Seite war, würde er auf ihn stoßen, egal wo er langginge. Aber er war fasziniert von der Geschichte des Tunnels aus Bäumen, die über einer Schlucht zusammengewachsen waren, wie Moacyr Velho es ihm beschrieben hatte. Natürlich würde er nach dreißig Jahren nicht leicht zu finden sein, vielleicht waren die Seitenwände der Schlucht auch eingestürzt. Es gab nur eine Möglichkeit, das herauszufinden.
Nach einem mühevollen, schweißtreibenden und von Ameisenbissen begleiteten Aufstieg erreichte er die Spitze des Hügels, mußte jedoch feststellen, daß zu viele Bäume den Ausblick auf den Sumpf versperrten, falls es überhaupt noch einen gab.

Ein weiterer schwieriger Aufstieg auf einen hohen Baum gab ihm die Antwort. Weit unten in der Ferne war der größte Sumpf, den er je gesehen hatte. Voller Pflanzen, weit verstreuten Bauminseln und mit schlammigen Ufern glitzerte er in der Morgensonne von Horizont zu Horizont zu Horizont. Von Norden nach Westen nach Süden.

Wieder zurück auf dem Boden fand er Moacyr Velhos Tunnel rasch. Es gab ihn noch. Vor ihm lag so etwas wie eine Höhle, die den Hügel hinunter auf den Sumpf zuführte. Sie wurde, genau wie es ihm erzählt worden war, von einer tiefen Schlucht und Bäumen, die an den Wipfeln zusammengewachsen waren und dort ein dichtes Dach von Blättern und Ästen bildeten, geformt. Das Dach war nicht so wie das des Hochdschungels, in dem immer ein grünliches Licht durchschimmerte. Das Licht kam hier lediglich vom Eingang des Tunnels. Drinnen mußte Paulo erst ein paar Minuten stehenbleiben, bis seine Augen sich an die Dunkelheit gewöhnt hatten. Sein Instinkt warnte ihn davor, diesen Weg zu nehmen. Seine Neugier jedoch sagte ihm, er solle weitergehen.

Innen hingen Schlingpflanzen und Lianen von den Bäumen, doch die konnte er leicht beiseite schieben. Der Boden war nicht der beste. Statt festen Grund unter seinen Füßen zu haben, mußte er von einem umgestürzten Baum zum nächsten gehen, und manchmal mußte er sogar springen. Der Bo-

den war ein Netzwerk von Baumstümpfen und alten, herabgefallenen Ästen.
Die ersten fünfzehn Minuten vergingen schnell, aber bald kam er an eine noch dichtere Stelle. Hier hingen die Lianen enger zusammen, und die Baumstümpfe, auf die er trat, waren rutschig von Schleim und Fledermausdung, und sie waren schwer zu erkennen. Er zog seine Taschenlampe heraus und leuchtete im Tunnel umher. Sein Instinkt war richtig gewesen.
Alle drei bis vier Meter, fast als hingen sie zufällig hier, ringelten sich träge Boa Constrictors um die Äste oder hingen von ihnen herunter. Entlang Paulos Weg waren zahllose Taranteln und Schwärme ihrer kleineren Verwandten. Direkt vor ihm zischte ein ärgerlicher Buschmeister.
Paulo hätte vielleicht beschlossen, zurückzugehen, wenn er weit vorne nicht den schwachen Lichtschimmer vom Ende des Tunnels erahnt hätte. Außerdem sah er, als er den Weg, den er bereits zurückgelegt hatte, hochleuchtete, noch weitere dösende Schlangen. Es war ein Wunder, daß er nicht gebissen worden war. Er hatte gewußt, daß es Schlangen in diesem dunklen Weg geben würde, aber daß es so viele wären, hatte er nicht gedacht. Er hockte sich hin und sah den Buschmeister an, der ihm den Weg versperrte. Er war sein schlimmstes Problem. Die Boa Constrictors waren nur von mittlerer Größe. Sie waren nicht groß genug, um

ihn zu ersticken, wenn sie ihn umschlangen – er konnte sie leicht von seinem Körper lösen. Allerdings konnten sie ihm, obwohl sie nicht giftig waren, gefährliche Bisse zufügen. Er dachte noch einmal nach und entschied dann, daß sie ihm wahrscheinlich nichts tun würden. Sie konnten ihn sehen und mit ihren Zungen fühlen, daß er zu groß für sie war. Auch die Taranteln würden ihn nur beißen, wenn sie ihm in die Kleider krochen. Allerdings mußte er ein Auge auf sie haben. Die meisten Taranteln waren nicht besonders giftig, aber er war äußerst allergisch gegen sie.
Er stand auf und sah sich nach einem langen Stock um. In diesem Moment fühlte er ein pelziges Gewicht auf seinem Hosenbein. Es war eine der Taranteln. Behutsam packte er sie am Rücken und setzte sie in eine Spalte zwischen den Baumstümpfen am Boden. Das wird überhaupt nicht nützen, dachte er. Moacyr Velho nahm nie eine Taschenlampe mit. Er hat wahnsinniges Glück gehabt, daß er hier durchgekommen ist, ohne gebissen zu werden. Das muß ich ihm erzählen.
Er wandte sich wieder dem Buschmeister zu, versucht, sein Gewehr von der Schulter zu nehmen. Der Gedanke daran, seine sechzehn Kugeln zu vergeuden, hielt ihn jedoch davon ab. Hier gab es mehr Schlangen, als er Kugeln hatte. Er würde sie mit etwas anderem bekämpfen müssen.
Er griff nach einem langen, dicken Ast. Dann nahm

er sein Messer aus dem Gürtel und schnitt rasch alle Seitenäste ab, damit er ihn besser handhaben konnte. Ein paar blattlose Zweige am Ende des Astes beließ er dort.

Mit der Taschenlampe in der einen Hand und dem Stock in der anderen begann er nach dem Buschmeister zu stoßen. Da er nur zweieinhalb Meter weg war und der Buschmeister mehr als dreieinhalb Meter lang war, war er in Bißweite. Aber Paulo hoffte, daß er ihn durch das Stoßen von dem Baumstumpf, auf dem er aufgerollt war, herunterholen konnte; vielleicht konnte er ihm auch soviel Angst machen, daß er fortkriechen würde. Wenn er diese Schlange nur endlich los wäre. Sie war das einzige, was ihn daran hinderte, rasch durch die anderen Tiere die Freiheit am Ende des Tunnels zu erreichen.

Der Buschmeister sah die Dinge anders. Es hatte ihn ziemliche Mühe gekostet, diese herrlich feuchte und dunkle Zuflucht zu finden. Er hatte gerade erst damit begonnen, das fette Paka zu verdauen, das ihm so schwer im Magen lag. Außerdem hatte bis jetzt noch kein Warmblüter die Kühnheit besessen, ihn herauszufordern. Und etwas anderes war dieses zweibeinige Etwas mit dem Stock ja wohl nicht. So blitzschnell, daß in Paulos Magen winzige Schmetterlinge anfingen zu flattern, biß er zu und halbierte den Stock in zwei giftbespritzte Teile. Es war an der Zeit für einen längeren, stärkeren Stock.

Er wich ein paar Schritte zurück und trat auf eine Tarantel. Als er sie zerquetschte, rutschte er fast auf dem Baumstumpf aus, und es dauerte eine Zeit, bis er das Gleichgewicht wiederfand. Er hackte sich einen weiteren, dickeren Ast ab, der am Ende spitz zulief und vier Meter lang war.

Wieder stieß er nach dem Buschmeister. Aber wie sehr er auch zustieß, stocherte und ausholte, er erreichte nichts anderes, als daß er den Stock angriff. Er machte ihn nur noch gereizter. Zum zweiten Mal dachte er an sein Gewehr, aber als er sich an den Fledermausdung erinnerte, der die umgestürzten Baumstämme bedeckte, war er sich sicher, daß das ein Fehler sein würde. Der Lärm und die Erschütterung würden bewirken, daß die Fledermäuse wild im Tunnel hin- und herfliegen und all die Schlangen und anderes Getier, das sich sonst noch so im Tunnel aufhielt, unnötig aufregen würden. Er mußte die Sache so leise wie möglich erledigen.

Paulo tötete Tiere nur zum Essen oder wegen ihres Fells, außer es waren Giftschlangen. Doch selbst Schlangen empfanden Schmerz, wenn sie verwundet waren, und litten sinnlos stunden- oder sogar tagelang, bis sie endlich starben. Jetzt jedoch hatte er keine Wahl. Er mußte die Schlange verwunden, damit sie endlich wegging. Der Stock war zu lang für ihn, so daß er nicht so kraftvoll damit ausholen konnte, um sie zu töten, es sei denn, er wäre so

dumm und ginge näher an das todbringende Geschöpf, das mittlerweile auch noch in Wut geraten war, heran.
Er zog den Stock zurück und sah sich mit Schaudern das zerfetzte, zerbissene Ende an, das naß von Gift war. Dann schnitt er es mit seinem Messer zu einer scharfen Spitze.
Langsam schob er den Stock auf die Schlange zu, die sofort wieder danach biß, und richtete ihn genau auf die Ausbuchtung in ihrem Magen.
So heftig, wie er es in seiner unglücklichen Position auf dem schlüpfrigen Baumstumpf konnte, rammte er den Stock durch den Buschmeister, so daß das andere Ende mehr als zwei Zentimeter auf der anderen Seite herausragte.
Der Buschmeister geriet außer sich, wieder und wieder griff er den behelfsmäßigen Speer an und riß ihn Paulo aus der Hand. Der hatte erreicht, was er wollte. Die Schlange glitt von dem Baumstumpf in die Dunkelheit, wobei sie sich von dem schmerzenden Stock befreite.
Als er über die Schulter blickte, sah er, daß die anderen Schlangen immer noch da waren. Er hatte keine wirkliche Wahl. Das beste würde sein, wenn er weiterginge. Er überlegte noch einmal. Sollte er langsam gehen, von Baumstumpf zu Baumstumpf, und jeder Boa Constrictor und allem, dem er sonst noch begegnen würde, ausweichen, oder sollte er so schnell laufen, wie er konnte, und allein durch

seine Geschwindigkeit allem aus dem Weg gehen? Er hatte genug Vertrauen in seine Beweglichkeit, aber er konnte auf dem schlüpfrigen Untergrund leicht ausrutschen. Wenn er auf einen verfaulten Baumstumpf trat, was ziemlich wahrscheinlich war, konnte er rasch davon wegkommen, aber wenn er auf den Boden der Schlucht fiel, dann konnte er auf zweimal so viele Schlangen treffen. Er konnte sie unter dem Laub der umgestürzten Bäume rascheln hören.

Zuerst beschloß er, langsam zu gehen. Als er auf den dritten Baumstamm trat, landete wieder eine Tarantel auf ihm. Sie fiel ihm von oben auf den Kopf und sprang entsetzt ins Dunkle.

Paulo hatte genug. Obwohl sein Kampf mit dem Buschmeister nicht mehr als fünf oder zehn Minuten gedauert hatte, waren sie ihm vorgekommen wie Stunden. Bis jetzt hatte er sein Panikgefühl noch im Griff, aber im Verborgenen war es da, es lauerte sprungbereit in ihm. Dieser entsetzliche Ort hätte viele Männer schon viel früher vor Angst verrückt werden lassen.

Er überprüfte die Schlinge seines Gewehres und den kleinen Rucksack auf seinem Rücken, um sich zu vergewissern, daß sie fest saßen, und sprang, mit seinem Messer im Gürtel, der Taschenlampe in der einen Hand und mit der freien Hand das Gleichgewicht haltend, vorwärts.

Ein Baumstamm. Zwei Baumstämme. Nimm zwei

auf einmal, Schneller. Vorbei an einer Schlange, an noch einer, die sich gerade zum Angriff aufrichtete. Ducken. Spinnennetze. Achte nicht darauf. Schneller. Ein verfaulter Baumstamm im Weg. Spring. Geschafft. Noch eine Schlange. Die größte Boa Constrictor. Sie will angreifen. Schlag sie zurück. Zwei Schlangen, drei, züngelnd, zischend. Ducken. Wieder ein Buschmeister. Spring ihm auf den Kopf. Noch ein verfaulter Baumstamm. Spring. Geschafft. Äste schlagen zusammen. Eine Tarantel zwischen Hemd und Rücken. Ein scharfer Schmerz. Gebissen. Ignorier es. Tarantel springt raus. Sechs Meter. Tageslicht. Viereinhalb Meter. Fast. Ein verfaulter Baumstamm. Noch ein verfaulter Baumstamm. Noch einer. Ich schaffe es nicht.

Desaster.

Der dritte verfaulte Baumstamm im Weg war zuviel. Er verlor das Gleichgewicht. Glücklicherweise war der vierte Baumstamm fest. Er griff nach ihm und hielt sich daran fest; nur seine Beine fielen durch das Netzwerk der Stämme. Ein Bein hing frei in der Luft, aber das andere rutschte zwischen einen Felsen und ein kaltes Etwas, das um seinen Knöchel glitt. Das kalte, gleitende Etwas begann sich schnell zu bewegen. Die Stämme und Baumstümpfe begannen zu wogen wie bei schwerer See. Es war eine große Anakonda.

Paulo konnte nichts anderes tun, als sich festzuhalten, bis die Anakonda weg war. Sie floh, erschreckt

darüber, daß die Baumstämme über ihr zusammenstürzten und Paulos Fuß sie berührte.
Der kalte Körper, der an seinem Fuß entlangglitt, schien kein Ende zu nehmen. Trotz seiner Angst und seiner Schmerzen überkam ihn Neugier. Er wünschte, er könnte sie sehen. Er hörte ein heftiges Platschen, als ihr Kopf in das Wasser des nahen Sumpfes eintauchte. Paulo hatte noch nie eine Anakonda gesehen, die so groß war, wie diese offensichtlich sein mußte.
Ein Skorpion, der aus den schwankenden Ästen auf seine Hand fiel, lenkte seine Aufmerksamkeit ab. Er blies ihn mit einem energischen Luftstoß weg. Eine fette, grüne Spinne nahm den Platz des Skorpions ein, krabbelte aber weiter. Er konnte fühlen, wie der Schlangenkörper schmaler wurde. Er war beinahe frei. Moskitos und *piuns* zerstachen ihm das Gesicht, aber verglichen mit allem übrigen waren sie das reine Nichts.
Die Schwanzspitze der Anakonda glitt an ihm entlang, und endlich war er frei. Erschöpft rappelte er sich auf, rannte die verbleibenden viereinhalb Meter des Tunnels entlang und sprang, mit den Füßen zuerst, in das trübe, schaumbedeckte Wasser des Sumpfs der Träume.

Noemi hatte geduldig neben der Tür zu Guajarás winziger Kapelle gewartet. Wie hübsch sie ist, dachte sie. Alle hatten bei ihrem Bau mitgeholfen.

Seu Estevão hatte das ganze Holz für den Bau abgehobelt, abgemessen und zersägt. *Seu* Waldir weißte sie von Zeit zu Zeit frisch. Zulmira, Dona Santa und Dona Pipira sorgten dafür, daß wunderschöne Blumen neben der Treppe wuchsen. Und sie selbst mähte abwechselnd mit den anderen das Gras und jätete Unkraut, so daß die kleine Kirche von einem perfekten Viereck umgeben war. Vor der Kapelle wuchsen zwei hohe *burití*-Palmen.

Die meisten Dorfbewohner waren zum Fluß hinuntergelaufen, nachdem Vater O'Malley die Messe gehalten hatte. Zwei große Kanonenboote der Armee kamen auf den Ort zu. Sie konnten nur langsam fahren, weil der Wasserstand, jetzt am Ende der Trockenzeit, so niedrig war.

»Noemi«, sagte jemand von der Tür her, »warum bist du nicht mit den anderen nach unten gegangen? Geht es dir nicht gut?«

Es war Vater O'Malley. Er war ein großer, bemerkenswert gutaussehender Mann. Obwohl er schon fünfundvierzig war, war er immer noch stark, beinahe athletisch, und er war kerngesund. Auf ihn hatte Noemi gewartet.

»Mir geht es sehr gut, Vater«, sagte sie. »Ich wollte Sie nur für heute abend zum Abendessen einladen. Meine Schwestern, Miré und Clíde, wohnen bei mir, solange Paulo weg ist, und sie können beide hervorragend kochen.«

»Getreidepudding?« fragte er.

»Massenweise«, erwiderte sie lachend.
»Dann komme ich gerne. Noemi, *menina*, machst du dir immer noch Sorgen wegen Paulo?«
»Ach, ich mache mir immer Sorgen wegen Paulo, aber es wird ihm nichts passieren, das weiß ich ganz genau.«
»Nein, es wird ihm nichts passieren. So sicher, wie morgen früh wieder die Sonne aufgeht. Möchtest du dir nicht die Kanonenboote angucken gehen?« fragte er.
»Ja, gerne, wenn Sie mitkommen. Das Baby kommt in zwei oder drei Wochen, deshalb muß ich ein bißchen aufpassen.«
Noemi mochte Vater O'Malley sehr gern, und sie war auch gern mit ihm zusammen, weil er und Paulo gute Freunde geworden waren.
Als sie zum Fluß gingen, schlossen Suely, Fatima und Mariquinha sich ihnen an, und natürlich auch Bom Jesus. Sie alle machten ein Spiel daraus, Noemi auf dem Weg zum Flußufer zu stützen. Der Priester nahm ihren einen Arm und Suely den anderen. Fatima und Mariquinha hielten ihren Rocksaum, und Bom Jesus kundschaftete den Weg aus.
An der *botequim* beobachteten ein paar der Dorfbewohner die Kanonenboote von dem hochgelegenen Aussichtspunkt aus. *Seu* Estevão und Moacyr Velho redeten von ihrer Zeit beim Militär. Zwei Farmer, Virgilio de Abreu Moreira und Flávio Car-

valho, hatten keine Lust mehr, sich die Boote anzusehen und hatten sich auf die Stufen der *botequim* gesetzt. Als sie Bom Jesus von weitem erblickten, erzählten sie sich gegenseitig seine neuesten Abenteuer, wobei manches stimmte und manches frei erfunden war.

Es war ein friedlicher, festlicher Sonntag in Guajará. Die einzigen Menschen, die arbeiteten, waren Dona Santa, die Mittagessen kochte, *seu* Aldyr, der sein Dach reparierte, und Edison Graça, der weit entfernt im Dschungel Bäume fällte.

Paulo sondierte die Lage. Es sah so aus, als ob der Sumpf zu bewältigen wäre. Vom Hügel aus hatte er gesehen, daß er bis zum Horizont reichte, also zumindest eine Tagesreise weit. Von seinem jetzigen Blickpunkt am Rand des Sumpfes konnte er weniger sehen. In der Ferne bildeten Baumgruppen und dichtes Gebüsch scheinbare Hindernisse.

Er beschloß, daß er wahrscheinlich ein bißchen schwimmen müsse, um zur Mitte des Sumpfes zu kommen. Piranhas schienen hier kein großes Problem zu sein, weil er überall am Ufer Spuren von Wieseln, Pakas und Ottern sah. Ungefähr zweihundert Meter entfernt sah er einen einsamen Tapir, der schultertief im Schlamm stand und friedlich fraß. Da es jedoch auf das Ende der trockenen Jahreszeit zuging, würde es zahlreiche einzelne Wassertümpel geben, die bestimmt hungrige Gruppen

der kleinen Ungeheuer beherbergten; hungrig, weil sie ihre anderen Fischnachbarn und die schwächeren ihrer unglücklichen Artgenossen schon lange verschlungen hatten.
Schlangen ringelten sich auf Ästen und schwammen hier und da in geheimnisvollen Reptilienwindungen durch das Wasser. Sie waren zahlreich, aber da er sie sehen konnte, würde er leichter mit ihnen fertig werden, als mit ihren Vettern im Tunnel, denen er gerade entkommen war. Die meisten von ihnen waren harmlos, und für die giftigen würde ein guter Stock ausreichen.
Es gab auch viele Spinnen. Überall hingen seidige Spinnennetze, auf manchen glitzerte noch der Tau der vergangenen Nacht. An manchen Stellen waren sie so zahlreich, daß sie wie Mauern aussahen, wirr gesponnenes Netzwerk, das in ganzen Bündeln über dem dichten Gebüsch hing. Die Spinnen krabbelten eifrig hin und her, auf der Jagd nach den Horden von Insekten, die von allen Sumpfgeschöpfen am zahlreichsten waren. Motten, Schmetterlinge, Wespen, Bienen, Stechmücken, Käfer, Moskitos, Libellen: sie krabbelten, flogen, sprangen oder lagen einfach nur wartend da.
Paulo wandte sich ab. Er hatte beschlossen, seine Weiterreise auf den nächsten Tag zu verschieben. Es gab zwei gute Gründe dafür, und der Hauptgrund war, daß die Durchquerung des Sumpfes mindestens einen vollen Tag in Anspruch nehmen

würde. Wenn er mittendrin von der Abenddämmerung überrascht würde, würde er dort, wo er gerade war, die Nacht verbringen müssen. Und das würde eine äußerst unangenehme Nacht werden. Der andere Grund war der Tarantelbiß. Er konnte zwar seinen geschwollenen Knöchel ignorieren, aber der Bereich um die Einstichstelle an seinem rechten Schulterblatt war rot und geschwollen und tat weh. Im Gegensatz zu anderen Menschen mußte er mit einer allergischen Reaktion rechnen. Bald würde es ihm übel und schwindlig werden, und er würde Fieber bekommen. Er mußte zum Hochdschungel zurückgehen, wo er bleiben konnte, bis es ihm wieder besser ging.
Er hatte den größten Teil des Vormittags mit dem Aufstieg auf den Hügel und der Flucht vor den Grauen des Tunnels verbracht. Aber eigentlich war der Hochdschungel ganz in der Nähe. Er brauchte nur um den Fuß des Hügels herumzugehen, und er hatte bereits bedauert, daß er das nicht von vorneherein gemacht hatte.
Nach einer Viertelstunde war er wieder unter den hochaufragenden Urwaldriesen.

In der Dämmerung des nächsten Morgens war Paulo bereit, dem Sumpf entgegenzutreten. Abgesehen von leichten Kopfschmerzen und einer schmerzenden Schulter fühlte er sich ausgeruht. Entgegen seiner Erwartung war ihm nicht übel

geworden, und Fieber hatte er auch keins bekommen.
Am Tag zuvor war er auf einen klaren Dschungelfluß gestoßen, in dem er eine Stunde lang gebadet und den Tarantelbiß gekühlt hatte. Danach hatte er einen fetten Flußwels gefangen und auf einem Spieß geröstet. Die meiste Zeit allerdings hatte er einfach unter den Bäumen gesessen und den Tieren in den Baumwipfeln, die den Tag mit Spielen und Kämpfen verbrachten, gelauscht.
Während dieses Ruhetags fand er, ohne es zu wollen, die Zeit, über sein Versprechen an Noemi, in zwei Wochen wieder zurück zu sein, vernünftig nachzudenken. Es war leicht zu halten. Der Gedanke an das Geld, das der alte Saad ihm für das Affenfell zahlen würde, und daran, was Noemi davon für sich selbst und für ihre noch ungeborene Tochter kaufen könnte, beruhigte sein schlechtes Gewissen, das ihn seit dem Aufbruch von Guajará geplagt hatte. Und so trat er mit schuldlosem Herzen wieder in das warme, fast einladende Wasser.
Im Anfang ging er langsam und kehrte zu der Mündung des Tunnels zurück, um Moacyr Velhos Route so genau wie möglich zu folgen. Hier entdeckte er die Tatzenabdrücke eines Jaguarweibchens und ihres Jungen. Sie gingen genau in die Richtung, die er einschlagen wollte. Da er sein ganzes Leben lang Jaguare gejagt hatte, wußte er, daß sie normalerweise, außer sie waren fürchter-

lich hungrig, die Menschen mieden. Ein Jaguarweibchen mit einem Jungen jedoch war das gefährlichste Tier im ganzen Dschungel. Es konnte aus dem Nichts auftauchen und würde alles angreifen, was auch nur im entferntesten bedrohlich aussah. Aus diesem Grund blieb er öfter stehen, lauschte auf die Geräusche des Sumpfes und sah sich häufig um, für den Fall, daß es nun hinter ihm war.

Wenn Moacyr Velho ihm nicht gesagt hätte, daß er sich vom Tunnel aus westlich halten solle, hätte er versucht, den Sumpf an einer anderen Stelle zu durchqueren. Aber er wollte nicht den Wald verpassen, in dem die Affen lebten. Der alte Moacyr hatte zu hohes Fieber gehabt, um genau sagen zu können, ob sie auf einer großen Insel oder im Dschungel am Ende des Sumpfes lebten.

Wie sich herausstellte, war es günstig, der Spur der beiden Jaguare zu folgen. Das Jaguarweibchen kannte den Sumpf offenbar gut. Wahrscheinlich ging es hier meistens auf die Jagd, und der Weg, den es einschlug, war leicht. Der Sumpfboden war fest, auch unter dem Wasser, und es war weniger Gebüsch dort. Bald jedoch mußte er feststellen, daß sie nach Süden abgebogen waren, und er mußte sich seinen Weg selbst suchen.

Von diesem Punkt an wurde alles schwieriger. Der Untergrund wurde schlammig, klebte an seinen Schuhen und ließ ihn nur mühsam vorwärtskommen. Schwärme von *piuns* griffen aus allen Richtungen an und sprenkelten seine Haut mit Myriaden von stecknadelkopfgroßen roten Flecken, die gnadenlos juckten. Mit einem langen Stock räumte er Spinnennetze beiseite, wobei er gelegentlich von Spinnen gebissen wurde. Auf schlammigen Inseln und Schlammflecken sonnten sich die Schlangen. Von einzelnen Bäumen, Lianen und Büschen hingen noch mehr von ihnen herunter. Jede Insel, die er überquerte, und jedes Gebüsch, an dem er vorbeikam, mußte er erst von Reptilien säubern, bevor er weitergehen konnte. Er vertrieb sie alle mit seinem Stock.

Und schließlich mußte er bedauerlicherweise zum ersten Mal einen Schuß aus seinem Gewehr abfeuern. Bedauerlicherweise, weil er dadurch mit lautem Gebrüll allen anderen seine Anwesenheit kundtat. Ein riesiger alter Kaiman, mit Algen und anderem Unrat bedeckt, sprang aus seinem Versteck im Gebüsch und versuchte, Paulo mit seinem starken Schwanz zu Boden zu schlagen. Paulo sprang hoch in die Luft, um dem Angriff des alten Krokodils zu entgehen – zugleich beschloß er, daß seine einzige Fluchtmöglichkeit das Gebüsch voller Giftschlangen sein würde –, zog sein Gewehr und schoß, beinahe im gleichen Moment, als seine Füße den Boden wieder berührten, in das zahnlückige, furchterregende Maul des Kaimans. Die Bleikugel zerschmetterte seinen Schädel und tötete ihn augenblicklich.

Gegen Mittag erlitt er einen Rückfall. Das Fieber und die Übelkeit vom giftigen Biß der Tarantel, die ihn zunächst verschont hatten, kamen nun mit voller Macht. Er mußte erbrechen und hatte Magenkrämpfe. Auf einem kleinen, moosbewachsenen Schlammflecken wurde er ohnmächtig, wobei sein niedersinkender Körper die kaltblütigen Bewohner zu Tode erschreckte.

Eine Stunde verging, bevor er wieder erwachte. Die heiße Sonne, die seinen Nacken in tiefes Purpurrot getaucht hatte, und ein entsetzlicher Alptraum weckten ihn.

Während er sich langsam aufsetzte und dann aufstand, hörte man eine Reihe von Platschern. Diese kamen von den fliehenden Fröschen, Schlangen und Schildkröten, die in ihrem Sonnenbad gestört wurden, als sie merkten, daß Paulos hingestreckter Körper lebendig war und nicht der tote Baumstumpf, für den sie ihn gehalten hatten.

Als er stand, schwankte er leicht, während er sich bemühte, sich auf das zu konzentrieren, was vor ihm lag. Sein ganzer Körper prickelte, und sein Kopf war vollkommen schwerelos, so als säße eine Puderquaste auf seinen Schultern. Das Gift, das sich vorher zurückgehalten hatte, raste jetzt durch seinen Körper, beschleunigte seinen Herzschlag, vernebelte ihm die Sicht und raubte ihm sein Urteilsvermögen.

Er mußte weitergehen. Er mußte bleiben und sich

ausruhen. Beide Alternativen waren dringend, zwingend, verwirrend. Langsam und mit Schmerzen setzte er einen Fuß ins Wasser. Jeder Schritt schmerzte noch mehr als der vorherige, aber seine angeborene Hartnäckigkeit trieb ihn vorwärts.
Nach fünf Minuten kam er zu einem dunklen, friedlichen Tümpel: still und durchsichtig, umgeben von trockenem Dung. Seine Augen waren von den Stichen der Moskitos und *piuns* in Augenlider und Wangen fast zugeschwollen, und er konnte nur ein paar Schritte nach vorne sehen. Geh weiter. Geh weiter, dachte er. »Bleib. Bleib«, ertönte eine Stimme; er hatte laut mit sich selbst geredet. Als er merkte, daß er Selbstgespräche führte, kam er für ein paar klare Momente zu sich. Er nahm den Tümpel genauer in Augenschein. Wieder einmal versuchte sein Instinkt, ihn zu retten. Er hatte nicht auf ihn gehört, als er in den Tunnel hineingegangen war. Dieses Mal würde er auf ihn hören.
Um diesen stillen Tümpel gab es keine Schlangen. Keine Schildkröten, keine Frösche. Die Spuren eines Pakas führten ins Wasser, aber nicht wieder heraus. Lange weiße Kranichfedern schwammen in Bündeln auf der Oberfläche. Hier wartete der Tod.
Normalerweise hätte er sich in seiner Neugier auf die Suche nach einem Stock gemacht, der länger war, als der, den er bei sich trug, um dieser Todesfalle auf den Grund zu gehen. Aber diese wenigen

lichten Momente reichten aus, um zu dem Schlammflecken zurückzustolpern, auf dem er ohnmächtig geworden war. Hier, mitten in der verfluchtesten aller häßlichen Niederungen würde er die Nacht verbringen müssen.

Als er wieder auf dem Schlammflecken war, setzte er sich schwer atmend und erschöpft hin. Nachdem er ungefähr eine halbe Stunde lang völlig bewegungslos dagesessen hatte, wusch er sich das Gesicht, zog aus seinem Rucksack etwas gerösteten Flußwels vom Vortag und aß ihn langsam. Er schob eine harmlose Schlange zur Seite und trank gierig von dem Sumpfwasser. Eigentlich hatte er das vermeiden wollen, da Moacyr Velho es für seine Halluzinationen verantwortlich machte. Aber es war unmöglich, den Sumpf zu verlassen, und die brennende tropische Sonne machte ihn furchtbar durstig.

Den ganzen Tag lang saß er dort und ruhte sich aus. Von Zeit zu Zeit spritzte er sich Wasser ins Gesicht, und häufig trank er auch davon, so schlammig es auch schmeckte.

Als der Abend anbrach, fühlte er sich wieder gut genug, um seine kleine Insel und die anderen darum herum nach Feuerholz zu durchforsten. Als es schließlich dunkel war, hatte er ein hell brennendes Feuer entfacht, das die Schlangen und die meisten Insekten von ihm fernhalten würde. Danach fiel er in einen willkommenen Schlaf, aus dem er nur einmal erwachte, um einen gnadenlosen Verfolger aus einem scheußlichen Traum abzuhängen.

Paulo wurde erst wieder wach, als ferner Donner vom Fuß der weit entfernten Berge grollte. In der Nacht hatte es ein wenig geregnet, und der Himmel war immer noch teilweise von Wolken bedeckt. Paulo erwachte mit klarem Kopf. Sein Körper allerdings schmerzte, als sei er verprügelt worden.
Er konnte auch wieder ungetrübt sehen. Nachdem er zwei Stunden lang langsam gegangen war, sah er eine Reihe von Bäumen, die sanft ansteigend oberhalb des Sumpfes aufragten.
Der Wasserstand im Sumpf hatte aufgrund der langen Trockenzeit seinen Tiefpunkt erreicht. Die meisten Pflanzen waren trocken und verdorrt. Die Sonne jedoch brachte immer wieder neues Leben in die Samen, die der Wind auf die Schlammflekken geweht hatte: einen Tag zuvor noch trocken, waren sie nun feucht vom Regen der vergangenen Nacht. Winzige Sämlinge begannen mit einer Geschwindigkeit zu sprießen, daß man ihnen fast dabei zuschauen konnte. Blüten öffneten sich, und braune Gräser und Blätter wurden grün.
Als sei er frustriert, weil Paulo ihm schon fast entkommen war, schien der fruchtbare Sumpf eine neue Taktik zu versuchen, um ihn als Futter für seine hungrigen Bewohner zurückzuhalten: Schön-

heit. Vielleicht würde Paulo einen Augenblick zu lang ausharren, um seine Schönheit zu genießen. Pilze in allen Schattierungen von rot und weiß erhoben sich aus neu ergrünenden Wiesen und verbargen für den Moment die allgegenwärtigen Schlangen. Blüten öffneten ihre Knospen und zogen im Erblühen ganze Scharen von Bienen und Schmetterlingen an. Kolibris mit gebogenen, geraden und hungrigen Schnäbeln und langen Zungen schossen von alten zu neuen Blüten – bunte, grüne, graue, schimmernde, langschwänzige und kurzschwänzige Kolibris.
Paulo verweilte. Der Sumpf hatte sein nicht allzu tief vergrabenes Geheimnis preisgegeben. Aus dem zweistündigen Marsch wurde ein vierstündiger Spaziergang. Er blieb hier stehen, um sich niederzubeugen und eine gerade erblühte Blume zu pflücken. Dort hielt er inne, um eine gestreifte Eidechse von einem Ast zu nehmen, an dessen Ende ein mit Flechten und Spinnweben bedecktes Kolibrinest mit zwei winzigen Eiern gefährlich im kühlenden Wind schwankte.
War Paulo wie ein Kind? Ja. Manchmal. Vielleicht war er noch nicht einmal ein Erwachsener, sondern nur ein Kind, das einfach älter geworden war. Aber was ist schon dabei, die Welt mit staunenden Kinderaugen zu sehen? Sollten nicht die von uns, die erschöpft durch die Welt jagen, oder die sich mit Kummer, Sorgen oder angsterfüllten Herzen in ihr

treiben lassen ... sollten wir nicht den toten Seelen lauschen, die uns mit ihren Worten und Liedern – den gespenstischen Abbildern derer, die die dunklen, angsterregenden Orte unseres Verstandes bevölkern – daran gemahnen, daß wir Blumen und Himmel, Wald und Meer, ja, selbst eine Biene oder eine Schwalbe aus dem Dunkel, das uns erwartet, nicht mehr sehen können?

Obwohl sein ganzer Körper schmerzte, war Paulos Verstand klar. Und mit dieser Klarheit kam die unersättliche Neugier, die ihn bereits in dem Tunnel voller Schlangen in große Schwierigkeiten gebracht hatte. Der kleine Todesteich fiel ihm wieder ein. Er war so ohne jedes Lebewesen. So anders. Die Frage, die er stellte, war zu groß, als daß man sie unbeantwortet lassen konnte.

Als er zu dem geheimnisvollen Teich zurückkam, lag er genauso unergründlich da, wie am Tag zuvor, als er beinahe hineingetreten wäre. Der Regen hatte die alten Spuren weggeschwemmt, aber es gab wieder neue. Eine große Schlange war hineingekrochen. Ein Opossum war zum Trinken oder auf der Suche nach toten Fischen stehengeblieben. Ihre Spuren führten zum Wasser, dann verschwanden sie. Etwas war aus dem Wasser gekommen und hatte so unbemerkt nach ihnen gegriffen, daß sie nicht einmal versucht hatten, zu fliehen. Als Paulo das sah, trat er zwei Schritte zurück.

Piranhas können so gefräßig werden, daß sie jede

lebende Kreatur, die ihnen begegnet, fressen. Aber selbst sie greifen sich keine Tiere von trockenem Land. Um sich zu vergewissern, daß er die Spuren richtig deutete, warf Paulo eine Blume auf die stille, schwarze Oberfläche. Nichts. Sie trieb ruhig dahin. Hungrige Piranhas hätten sie sofort in Stücke gerissen.

Obwohl er das Gefühl hatte, seine Zeit zu vergeuden, mußte er noch etwas versuchen. Er nahm einen langen Ast, hielt ihn auf Armlänge von sich weg und versuchte, auf den Grund zu stoßen. Es gab keinen Grund. Ein komplettes Rätsel! Ein vollkommen runder Teich, eigentlich zu vollkommen rund, bar jedes Lebens, weil jedes Lebewesen, das in seine Nähe kam, verschwand. Vielleicht ein längerer Ast. Nein. Er würde besser bis zu einem anderen Tag warten. Der Gedanke an die Affen lenkte ihn ab, brachte ihn wieder auf seine ursprüngliche Suche.

Vielleicht war es sein Glück, daß er beschloß zu gehen. Kurz danach wurde der Ast, den er auf dem Wasser treibend zurückgelassen hatte, plötzlich und unerklärlich unter Wasser gezogen. Als sich herausstellte, daß er nicht eßbar war, trieb er langsam wieder an die Oberfläche zurück.

Paulo war fast da. Urwaldriesen ragten langsam immer höher in den Himmel, bis sie in einer fernen Wolkenbank verschwanden. Hochdschungel. Hier

war er zu Hause. Hier würde er Moacyr Velhos Riesenaffen finden.
Nur ein schmaler Wasserlauf, ein Bach, trennte den Sumpf vom Urwald. In seiner Nähe konnte er die Rachen von lauernden Kaimanen in den Büschen am Ufer erkennen. Aber weiter flußabwärts wurde der Bach seichter und schmaler. Eine entschieden bessere Stelle, um ihn zu überqueren.
Paulo wandte den enttäuschten Kaimanen den Rücken zu und ging vorsichtig zu der Flußenge. Sie bestand aus zwei seichten, klaren Teichen mit sandigem und felsigem Grund. Ohne Eile, schließlich war die Nacht noch weit entfernt, und mit einem wachsamen Auge auf die Kaimane entledigte er sich seiner Kleider und wusch sich den Schmutz und den Schweiß der letzten beiden Tage ab.
Das Wasser war so erfrischend kühl, daß er beschloß, den Rest des Nachmittags darin zu verbringen. Obwohl er schon wieder stark und gesund war, würden ein paar Stunden absoluten Nichtstuns ihn vollständig wiederherstellen.
Eine halbe Stunde vor Einbruch der Dunkelheit zog er sich hastig wieder an, lief zu einem etwas größeren Teich und fing dort einen dicken, sich windenden Flußwels, indem er ihn einfach bei den Kiemen packte. Dann verschwand er über einen Sandstrand in den Dschungel, wo er seinen Hunger stillen und friedlich in den Armen eines freundlichen Baums schlafen konnte.

Paulo fühlte sich unbehaglich. Zwei Wochen waren schon vergangen. Die Regenzeit rückte näher und damit auch Noemis Niederkunft. Er dachte an Noemi und bedauerte, diese bisher ergebnislose Reise unternommen zu haben.
Er hatte eine der letzten beiden Wochen in diesem fremden Wald verbracht. Es gab keine Spur von den Riesenaffen, und er hatte auch keine Träume gehabt, so wie Moacyr Velho. Die einzige Gefahr, auf die Paulo gestoßen war, war ein riesiger Jaguar gewesen. Er war von den kleinen Dschungeltieren, die es überall reichlich gab, in dieses Gebiet gelockt worden. Aber obwohl die Anwesenheit des Jaguars ihn aufmerksamer als sonst machte, wußte Paulo, daß dieser satt war und wahrscheinlich davonlaufen würde, sollten sie sich zufällig begegnen.
Das Gift der Tarantel hatte er schon lange überwunden, ebenso wie die Anstrengung der mühsamen Durchquerung des Sumpfes. Er hatte sogar zwei oder drei Pfund zugenommen, seit er hier war. Der Urwald, vor allem dieser, bot immer genug Nahrung und Wasser für diejenigen, welche die Mitte zwischen Vorsicht und Furcht trafen. Für Paulo war er ein reich gedeckter Tisch mit Vogeleiern, Obst und Fleisch, und manchmal gab es sogar köstliche Wurzeln und Gemüse. Der Urwald sorgt immer gut für die Seinen, obwohl er allerdings alle seine Kinder gleichermaßen liebt und der Gerechtigkeit halber Paulo auch einem seiner an-

deren Kinder anbieten würde, wenn dieses Kind wirklich Hunger leiden würde.
Nachdem Paulo eine Woche lang kreuz und quer durch den Urwald marschiert war, unzählige Tierspuren überpüft, unzugängliche Schluchten untersucht und sich seinen Hals verrenkt hatte, um festzustellen, ob die Affen in den Bäumen schliefen oder spielten, begann er, die Hoffnung zu verlieren. Der Urwald war so riesig, daß er nur einen winzigen Abschnitt abdecken konnte. Affen haben, wie viele Tiere, ein fest umrissenes Territorium und können jahrelang in einem einzigen Gebiet leben, aber dreißig Jahre auf ein und demselben Fleck sind höchst ungewöhnlich. Sie waren wahrscheinlich schon längst weitergezogen.
Paulo überschlug, wie lange er seine Reise noch ausdehnen konnte. Nach Hause zurückkehren würde weniger Zeit in Anspruch nehmen, als der Marsch bis hierhin. Jetzt, wo er wußte, wo der Sumpf war, konnte er geradewegs zurückkehren. Vielleicht würde er nicht genau bei Guajará aus dem Urwald kommen, aber zumindest in der Nähe. Er würde vielleicht vier Tage brauchen, höchstens fünf. Zwei Tage mehr für seine Suche – mehr konnte er sich nicht erlauben.
Am nächsten Tag überprüfte er noch einmal ein Gebiet, in dem er schon gewesen war; dann schlug er am Rand des Sumpfes einen weiten Bogen, viel weiter als bisher. In der Dämmerung war er wieder

zurück am Sumpf, einige Kilometer südlich von seinem Ausgangspunkt. Wieder nichts. Es gab zwar überall Affen, aber sie waren klein.

Paulo sah sich um. Im Dämmerlicht sah er, daß dieser Teil des Sumpfes fast genauso aussah wie weiter flußabwärts. Auf einer Seite des schmalen Flusses war ein Sandstrand. Am Fluß lagen ein paar ausgetrocknete Teiche. Alles war bedeckt von Sumpfvegetation. Nach der Regenzeit würde das gesamte Gebiet unter Wasser stehen und nur noch mit einem soliden Boot zu befahren sein.

Wenn er doch nur mehr Zeit hätte.

Als er enttäuscht zum Urwald zurückging, bemerkte er weiter südlich eine wahllos aufeinandergetürmte Masse von Felsen. Wenn er sich beeilte, konnte er sie vor der Dunkelheit noch untersuchen. Das dauert nur ein paar Minuten, dachte er. Mehr war es auch nicht. Felsen. Ein paar Fischgräten lagen da, saubergeputzt von Ameisen und Käfern. Dicht am Urwald lagen die zertrümmerten Überreste einer großen Schildkröte.

Eine große Schildkröte! Zerschmettert! Nur Menschen waren dazu in der Lage. Nur Menschen oder andere zweihändige Geschöpfe. Ein Jaguar hätte sie zwar töten können, aber er hätte sie zerrissen, und dabei wären die Stücke des Panzers in alle Richtungen geflogen, und sie hätten nicht alle auf einem Fleck gelegen. Paulo hatte schon gesehen, wie große Vögel Schildkröten aus der Luft fallen ließen, damit sie an Felsen zerschmetterten, aber bei einer Schildkröte von dieser Größe war das nicht möglich.

Er versuchte, seine wachsende Erregung zu unterdrücken, um nicht wieder enttäuscht zu werden, und lief zu dem zertrümmerten Panzer. Er hatte recht! Er war zerschmettert worden, und das Fleisch war mit Händen herausgezogen worden. Und es war noch nicht lange her.

Mittlerweile war es zu dunkel, um noch etwas zu sehen. Als er sich umblickte, konnte er kaum noch seine Umgebung erkennen. Die Urwaldbäume ragten als dunkle, drohende Masse auf. Der Sumpf hinter ihm war nur noch schwarze Leere. Er nahm seine Taschenlampe aus dem Rucksack und leuchtete auf den Boden. Auf den Sandflecken zwischen den Felsen waren zahllose Fußabdrücke. Die Spuren von Affen. Große. Fast so groß wie seine eigenen. Er war am Ziel.

Als er ganz langsam den Strand entlangging, entdeckte er noch mehr Fußabdrücke. Es gab sie überall. An einer Stelle waren sie an einem überhängenden Felsen ineinander getreten. An einem Fleck führten sie zu einem Wasserloch, dann wieder zurück zu der Stelle, wo die Schildkröte lag. Paulo konnte sie lesen, als seien es Wörter im Sand. Es gab drei Paar Fußspuren. Eins war klein. Zwei waren groß, eins davon größer als das andere. Die drei Paar Fußspuren gingen weit auseinander, dann trafen sie am Wasserloch, wo die Schildkröte gefangen worden war, wieder zusammen. Von da aus hatten sie die Schildkröte zu dem Felsen, wo sie sie zerschmettert und gefressen hatten, halb gezogen, halb getragen.

Nachdem sie die Schildkröte verzehrt hatten, waren sie in den Dschungel zurückgegangen, nein, sie waren gelaufen. Irgend etwas hatte ihnen Angst eingejagt. Da wurde Paulo bewußt, daß er der Grund war. Sie waren vor ihm davongelaufen.

Als er mit seiner Taschenlampe in einen niedrigen Bogen zwischen dem Farn und dem Efeu am Rand des Dschungels leuchtete, fand er sie. Einen von ihnen. Der größte von ihnen starrte ihn aus weit aufgerissenen, angsterfüllten Augen an. Er war fast so groß wie Paulo, schlank, doch muskulös, und stand wie ein Mensch auf zwei Beinen.

Als der Lichtkegel sein Gesicht traf, verschwand er plötzlich, wie eine Erscheinung, zwischen den Bäumen.

Paulo war wie gelähmt. Er hatte keine Angst, weil die Affen offensichtlich Angst vor ihm gehabt hatten, und er bezweifelte, daß sie ihn angreifen würden, es sei denn, sie würden in die Enge getrieben oder bedroht. Aber er hatte überhaupt keine Zeit gehabt, zu reagieren. Sein Gewehr hing noch unberührt auf seinem Rücken. Wenn er nur besser vorbereitet gewesen wäre. Nach diesen ganzen vergeudeten Tagen, in denen er hinter jeden Busch, jeden

Baum, in jeden Schlupfwinkel geguckt hatte, hatte er wirklich die Hoffnung verloren. Nachträglich stellte er fest, daß er nur mechanisch gesucht hatte, tief in seinem Herzen aber eigentlich geglaubt hatte, daß seine Suche sinnlos war.

Die Mondsichel ging auf und warf ein schwaches Licht auf Sumpf und Urwald. Aus dem Sandstrand wurde ein silbriges Band, das sich anmutig gebogen in der Ferne verlor, hier und da unterbrochen von dunklen Felshaufen und Büschen und Gräsern. Fledermäuse und Nachtvögel gingen auf Insektenjagd. Frösche und Kröten quakten, und tief im Dschungel brüllte ein Jaguar. Paulo setzte sich neben die Überreste der Schildkröte. Er mußte sich seine nächsten Schritte gut überlegen.

Er versuchte, die Affen zu verstehen. Ihre großen, starren Augen und die Tatsache, daß sie erst in der Dämmerung auftauchten, konnte nur bedeuten, daß sie Nachttiere waren. Er würde sie nachts jagen müssen, wenn er sie am Tag, während sie schliefen, nicht finden konnte. Außerdem würde er vorsichtig sein müssen, denn wenn sie auch harmlos wirkten, so wußte er doch, daß alle Affen für ihre Größe stark waren. Diese großen waren wahrscheinlich noch stärker als er, und wenn sie in der Falle saßen, würden sie zweifellos tödlich sein.

Heute nacht konnte er nicht mehr viel machen, außer vielleicht den Strand englangzugehen, solange der Mond schien. Danach würde er sich einen

großen Baum suchen, auf dem er die Nacht verbringen konnte. Morgen könnte er dann ihren Spuren folgen.
Ohne seine Taschenlampe zu gebrauchen, begann er vorsichtig, den Strand in südlicher Richtung entlangzugehen. Schlangen und Kaimanen ging er aus dem Weg, indem er einfach um sie herumging. Glücklicherweise machten die meisten von ihnen in dieser Nacht anderswo anderen Sumpfbewohnern das Leben schwer.
Von Zeit zu Zeit trat furchtsam ein Tier aus dem Wald, um rasch am Bach zu trinken. Paulo ging ruhig darauf zu, worauf sie eilig zurück in Sicherheit huschten. Er war verblüfft darüber, wie sie es einem so furchterregenden zweibeinigen Geschöpf erlauben konnten, ihnen so nahe zu kommen. Einmal blieb er stehen, um eine gequälte Schildkröte, die irgendwie auf ihren Rücken gerollt war und nun wie wild mit ihren dünnen Beinchen in der Luft ruderte, wieder umzudrehen. Er blieb noch einmal stehen, um einem Ozelot beim Trinken zuzusehen. Er wollte ihn nicht erschrecken, da er sonst vielleicht geschrien oder zuviel Lärm gemacht hätte, wenn er zurück in das Gebüsch am Rande des Dschungels gesprungen wäre.
Es war leicht, den Spuren der Riesenaffen zu folgen. Allerdings konnte er sich in dem schwachen Licht nicht sicher sein, ob es nur drei oder mehr waren, die die Schildkröte gefressen hatten. Die

Affen selbst jedoch waren nirgendwo zu sehen. Ein paar Stunden später, als der Mond langsam unterging, wanderte er schläfrig zurück in den tiefen Dschungel und leuchtete mit seiner Taschenlampe, bis er einen als Bett geeigneten Baum fand.

Am nächsten Morgen wurde er früh von einer Horde schwatzender Aras geweckt. Dieses Mal machte er sich entschlossener denn je zuvor daran, seine Beute zu stellen. Jetzt war er in ihrem Gebiet und müßte sie eigentlich leicht finden. So dachte er zumindest. Den ganzen Tag über folgte er ihren Spuren vor und zurück, verlor sie, wenn sie den Boden verließen, um auf Bäume zu klettern, fand sie später wieder. Es war, als ob er versuchte, verspielte Geister zu jagen, die immer in Reichweite, aber unsichtbar blieben.

Aber er lernte ihre Geheimnisse. Er fand ein paar ihm unbekannte Obstbäume, unter denen sich ihre Fußspuren, zusammen mit denen von anderem Wild, häuften. Früchte lagen nicht herum, nur harte, nußähnliche Kerne. Diese waren überall, wo sie sie gerade hingeworfen hatten, verstreut. Die Bäume waren klein – ungefähr 9 Meter hoch –, aber irgendwie gelang es ihnen, im schwachen, smaragdgrünen Licht des Urwaldbodens zu gedeihen. Sie waren voller köstlich aussehender roter Früchte, die lose herabhingen, bereit herunterzufallen und gegessen zu werden. Paulo untersuchte die

unteren Äste der Bäume, konnte aber keine Spuren von den Affen finden. Keine Haare. Keine geknickten Blätter oder abgebrochene Zweige. Wahrscheinliche kletterten sie erst gar nicht auf die Bäume, sondern fanden genug Fallobst am Boden, um ihren Appetit zu stillen.
Es waren mindestens sieben Affen. Mit der Zeit konnte er die unterschiedlichen Fußspuren identifizieren. Zwei von ihnen waren klein, einer von mittlerer Größe, und die übrigen waren groß. Einem der großen Affen fehlten zwei Zehen, und einer von ihnen hatte eine tiefe Narbe auf seiner linken Fußsohle. Einer war größer als alle übrigen und zog beim Gehen ein Bein leicht nach. Möglicherweise gab es noch einen kleinen, Paulo war sich jedoch nicht sicher.
In der Nacht ging er wieder den Strand entlang, hatte aber kein Glück. Am nächsten Tag durchsuchte er den Wald, fand aber nur ihre Spuren. Eine dieser beiden Jagdmethoden würde ihn bald zum Erfolg führen, aber die Zeit drängte. Es gab nur eine sichere Methode, eines dieser Geschöpfe zu erlegen, bevor er wieder gehen mußte.
Hungrig und unausgeschlafen blieb er stehen, um sich eine Zigarette zu drehen. Bald würde er nicht mehr weiterkönnen, und obwohl er tagelang unterwegs sein konnte, ohne auch nur das geringste Verlangen nach Tabak zu verspüren, wußte er, daß er heute abend dem Bedürfnis nach einer Zigarette

nicht würde widerstehen können. Er wollte sich in einem der fremdartigen Obstbäume verstecken. Wenn das Spiel zu gespenstisch wird, oder wenn man keine Möglichkeit hat, einen Schuß anzubringen, gibt es keine einfachere Art zu jagen.
Als Paulo zu Ende geraucht hatte, sah er sich nach dem Baum um, der sich am besten als Versteck eignete. Die ersten drei, auf die er stieß, waren nicht zu gebrauchen. Kleinere Affen und Papageien hatten das ganze Obst abgefressen, und auf dem Boden lagen nur noch wenige eßbare Früchte.
Der vierte Baum war perfekt. Reife Früchte hingen in dicken Trauben daran, und auch der Boden war übersät von ihnen. Es gab auch zahlreiche Affen- und Wildspuren. Sie würden heute nacht bestimmt zurückkommen. Wenn nicht etwas Unvorhergesehenes passierte, würde er lange vor dem Morgengrauen einen erwischt haben und bald auf dem Weg nach Hause sein.
Paulo haßte es, so zu jagen, sechs Meter über der Erde, stundenlang nicht in der Lage, sich zu bewegen. Nur der Gedanke daran, was er für Noemi und das Baby würde kaufen können, hielt ihn hier. Die Zeit verging unerträglich langsam. Er hatte seine Taschenlampe am Gewehr befestigt, saß vollkommen unbeweglich da und zielte nach unten. Ein Moskito kreiste um sein Ohr. Eine Kolonie winziger Ameisen wechselte über seinen bloßen Arm von einem Ast zum anderen. Ein Käfer auf

Brautschau landete in seinen Haaren. Ein Schweißtropfen rann seinen Rücken hinunter und kitzelte unangenehm. Entsetzliche Irritationen. Die Innenseite seines Oberschenkels juckte, dann seine Fußsohle. Ein Krampf im anderen Fuß, das dringende Bedürfnis zu pinkeln. Still. Sei still. Ein Geräusch. Zu weit weg. Jetzt kommt es näher. Ein Reh. Noch ein Geräusch. Pfoten, die behutsam auftreten. Nein. Füße. Jetzt ist es direkt unter mir. Schmatzende Geräusche. Zwei Tiere, eins ein Reh, das andere . . .
Im blendenden Licht der Taschenlampe stand das Reh wie erstarrt. Auf der anderen Seite verschwand ein zweibeiniger, großäugiger, menschengroßer Schatten mit rotbraunem Fell in der Dunkelheit.
»*Filho da . . .*« Warte. Ganz ruhig. Er wird wiederkommen.
Paulo schaltete die Taschenlampe aus und löste seine Finger vom warmen Abzug. Bevor er sich wieder in Position setzte, hatte er ein bißchen Zeit, um sich zu kratzen, seinen verkrampften Fuß zu bewegen und den Käfer wegzuwischen, der gerade versuchte, in seinen Haaren, mit seinen Haaren, ein Nest zu bauen. Und dann ließ, vielleicht weil er so unbequem saß, hungrig und müde war, sein Urteilsvermögen eine winzige Spur nach. Moacyr Velho hatte sich nicht geirrt, und er hatte auch nicht gelogen, als er diesen Ort als Sumpf der Träume bezeichnete.
Wenn diese Affen das Obst essen können, müßte

ich eigentlich auch davon essen können, dachte er. Vorsichtig, weil er wußte, daß er sich möglicherweise irrte, pflückte er eine der saftigen Früchte und biß hinein. Eine Stunde verging, dann eine weitere. Er fühlte kein Anzeichen von Unwohlsein. Die Frucht hatte köstlich geschmeckt. Unter dem Baum war es totenstill. Paulos Augen begannen zuzufallen, sein Kopf sank nach vorne. Abrupt wachte er wieder auf. Er mußte wach bleiben. Das hier war vielleicht seine letzte Chance. Er befeuchtete seine Fingerspitzen mit Speichel und rieb sich über die Augenlider. Das half ein wenig, aber nur für kurze Zeit. Kauen würde ihn wach halten. Kauen. Diese Früchte. Er fühlte sich seltsam leicht. Irgend etwas stimmte nicht.

Ohne zu wissen, was er tat, pflückte er ein paar der Lieblingsfrüchte der Affen. Ich kann sie nicht essen, dachte er. Warum prickelt mein Körper so? Als führe sie ein Eigenleben, ging seine Hand zu seinem Mund. Gierig verschlang er das Obst, spuckte ein paar Kerne aus, schluckte andere einfach hinunter und pflückte noch weitere Früchte ab. Sein Herz begann wie wild zu schlagen und zu hämmern. Helle Lichtpünktchen flimmerten und tanzten vor seinen Augen. Der Schlaf sprang ihn an, griff nach ihm und besiegte seinen Körper. Er schlief. Tief und fest.

»Paulo.« Eine tiefe, widerhallende Stimme. »Paulo. Komm.«

Er stand auf einer Lichtung. Keine Bäume, nur ein einzelner, sehr hoher *assacú*. Der Boden war bedeckt mit weichem Gras. Einladend. Am Fuß des Baumes stand eine kleine Kerze – sie erleuchtete den Wald mit einem unirdisch goldenen Licht.

»Hier herauf, Paulo.«

Er merkte, wie er langsam den *assacú* hinaufkletterte, ganz langsam und widerstrebend. Er wollte seinen Armen und Beinen Einhalt gebieten, aber sie bewegten sich einfach weiter. Etwas Uraltes, Unaussprechliches, aus einer Welt, die für immer das Land des Tageslichts gemieden und verlassen hatte, wartete dort oben.

Plötzlich kletterte er nicht mehr. Er war bereits da. Mit gekreuzten Beinen saß er seinem furchterregenden Gastgeber gegenüber. Es war der größte der Affen. Der älteste. Sein glänzender Haarpelz war grau gesprenkelt. Seine großen, allwissenden Augen, die im goldenen Licht schimmerten, blickten zornig, aber auch irgendwie traurig – gramerfüllt, erfüllt vom Wissen um jeden Schmerz.

Paulo wollte sich abwenden. Fliehen. Aber es war, als seien unsichtbare Ketten fest um seinen Körper gewunden. Er konnte nur atmen und zuhören, demütig wie in der Gegenwart Gottes.

»O du tödlichstes, furchtbarstes aller Geschöpfe im Urwald«, sagte der Affe und zeigte lange Eckzähne, die von Speichel glänzten. Mit seiner grollenden, tönenden Stimme fuhr er fort: »Warum sind wir dir

so wichtig? Warum willst du uns töten? Weißt du nicht, wer wir sind?
Wir sind die Traumbringer. Verstehst du immer noch nicht, daß dein Herz ohne unsere Träume genauso fest schlafen würde wie dein übriger Körper? Du würdest schlafen und nie wieder erwachen. Warum willst du uns also töten?
Du willst unser Fell, damit du Plunder und Spielzeug kaufen kannst. Unser Fell! Gelobe, daß du uns kein Leid zufügen wirst, und ich will dich nach Hause zurückkehren lassen.«
Paulo fühlte, daß hinter seinem Rücken andere nur auf ein Wort von dem grauhaarigen Affen warteten, um sich mit ihren Klauen auf ihn zu stürzen. Eine kalte, seelenzerstörende Angst stieg in ihm auf.
Ich gehe. Ich gehe, versuchte er zu sagen, aber seine Kehle war genauso zugeschnürt wie sein übriger Körper. Gelähmt. Bitte, laßt mich gehen, bat er stumm.
»Warum antwortest du nicht?« fragte der Affe zornig. »Ich gebe dir nur noch eine Chance.«
Paulo fühlte jetzt, daß er sprechen konnte. Seine Kehle wurde frei. Aber statt Angst empfand er auf einmal Scham, weil er um sein Leben gebettelt hatte. Aus der Scham wurde verbissene Wut, die sich sowohl gegen ihn selbst als auch gegen den alten Affen richtete. Für wen hältst du dich? dachte er. Ich werde kein Wort sagen. Du kannst das Schlimmste mit mir machen.

»Dann«, heulten die Traumgeschöpfe, »soll er verbannt werden.«
Paulo fand sich in einer Höhle tief unter der Erde wieder. Es war kühl und nur schwach beleuchtet. In Weiß gekleidete Menschen gingen mit Leichen beladen hin und her. Er hatte ein Schwert in der Hand. Die Menschen in Weiß griffen nach ihm.
Er rannte wild drauflos und suchte nach einem Fluchtweg. Die Männer und Frauen in Weiß waren überall. Sie bewegten sich jetzt alle in die gleiche Richtung, gingen langsam einen unendlich langen Gang entlang. Aus Seitengängen gesellten sich weitere zu der schauerlichen Prozession.
Er wurde mitgezogen. Als der kalte, herunterbaumelnde Arm eines der Toten seinen Nacken berührte und er auswich, glitt er aus und fiel auf den rutschigen Boden, der bedeckt war mit Ruß, Schmiere und Blutstropfen. Taumelnd stand er wieder auf. Sein linker Arm und sein Bein, die Seite, mit der er auf den schmierigen Boden gefallen war, waren gefühllos. Die ganze linke Seite seines Körpers war beinahe gefühllos.
Humpelnd trat er in einen riesigen Raum – das schreckliche Ziel der grausigen Scharen. In ihm stand ein riesiges Faß, so hoch wie der höchste Urwaldbaum und so breit wie der Juruá: schwarz, rußig, jedoch rotglühend am Boden, wo es von unter dem Fußboden versteckten Feuern beheizt wurde. Unermeßlich hohe Eisenleitern führten zum Rand

des Fasses. Die weißgekleideten Menschen kletterten langsam mit ihren Toten dort hoch und warfen sie dann in den blubbernden Kessel.
»O Gott. Die Schmiere auf dem Boden ist von den Leichen. Von . . . O Gott.«
Gab es vielleicht eine Verbindung zwischen dem geheimnisvollen Todesteich im Sumpf und diesem entsetzlichen Faß?
»Komm, Paulo. Du kommst hier nicht heraus«, flüsterte ihm einer der schrecklichen Menschen mit seinem stinkenden Atem ins Ohr.
Ausdruckslose Augen. Sabbernde Münder.
»Du mußt für immer hier bleiben, Paulo«, sagte ein anderer.
Eine Treppe führte nach oben. Wo kam sie her?
Ein paar der Menschen drehten sich zu ihm um und kamen mit ausgestreckten Armen auf ihn zu.
Er schlug wie wild mit dem Schwert um sich und floh die Stufen hinauf.
Eine Tür. Drück sie auf! Wirf dich dagegen! Wer brüllt da?
Brüllt.
Brüllt.
Brüllt.
Paulo wachte schreiend auf.
Ein schreckliches Brüllen von den Ästen über ihm machte ihn sofort hellwach. Brüllaffen. Tageslicht.
Später Vormittag.
Langsam, schwankend wurde er wieder klar im

Kopf. Sein linkes Bein und sein linker Arm waren taub, da er stundenlang auf ihnen gelegen hatte. Unbeholfen setzte er sich anders hin und wartete darauf, daß unter Schmerzen die Blutzirkulation wieder einsetzte. Der Traum stand ihm lebhaft vor Augen, er war unauslöschlich in sein Gedächtnis eingeprägt.

Als er merkte, daß sein Gewehr und seine Taschenlampe weg waren, wurde er mit einem Schlag vollends wach. Schwankend und halb rutschend stieg er vom Baum herunter. Auf dem Boden lagen seine Taschenlampe und die Schnur, mit der er sie ans Gewehr gebunden hatte. Aber das Gewehr war weg. Es mußte ihm im Schlaf aus der Hand gefallen sein, und einer der Affen hatte es mitgenommen. Ihre Spuren sprachen eine deutliche Sprache.

Drei Paar Spuren führten vom Baum weg. Sie waren von Obstbaum zu Obstbaum gegangen. Manchmal zeigte eine dünne Schleifspur an, daß der Lauf des Gewehres über den Boden geschleift worden war. Von Zeit zu Zeit markierte eine breitere Schleifspur den Kolben des Gewehres.

Nachdem er dreißig Minuten der Spur gefolgt war, kam er zu einer Stelle, wo alle Spuren wirr durcheinanderliefen. Hatten sie vielleicht um das Gewehr gekämpft? Von dort aus waren sie, wie der größere Zwischenraum zwischen den einzelnen Fußabdrücken zeigte, weiter gelaufen, bis schließ-

lich alle Spuren verschwanden, wo sie ihren Weg in den Bäumen fortgesetzt hatten.
Paulo war völlig niedergeschlagen. Die ganzen langen Wochen, die ganzen Entbehrungen, alles umsonst. Ohne sein Gewehr bestand für ihn kaum Hoffnung, eines dieser Geschöpfe zu fangen. Er brauchte es nicht, um zu überleben. Seitdem er Guajará verlassen hatte, hatte er es nur einmal abgefeuert. Außerdem hatte er zu Hause noch eins, wenn auch ein älteres, schon sehr abgenutztes.
Schwindel ergriff ihn. Er setzte sich an den Baum, in dem die Affen verschwunden waren, und lehnte sich an den Stamm. Dort versuchte er, seine Gedanken zu ordnen.
Selbstvorwürfe. Niedergeschlagenheit.
Wenn es ein Jaguar oder sonst etwas gewesen wäre, dachte er, hätte ich ihn schon längst erwischt. Ich hätte doch in der Lage sein müssen, einen dieser verfluchten Affen am ersten Tag, nachdem ich ihre Spuren gefunden hatte, zu erwischen. Es gibt zwar nicht viele von ihnen, aber sie laufen überall herum. Diese Früchte. Ich hätte es besser wissen müssen.
Das bringt mir nichts. Ich werde mich hier einen Moment lang ausruhen ... Ich werde eine Zeitlang nicht mehr darüber nachdenken. Ich habe das Ganze zu verbissen betrachtet. Es ist so schön, hier zu sitzen und gar nichts zu tun.
Er sah zu, wie ein Trupp Ameisen in einer langen

Reihe vorbeizog. Sie trugen Blätter, die ein paarmal so groß waren wie ihre Träger. Er beobachtete einen Specht, der von Baum zu Baum schoß und Löcher in die Rinde pickte. Wunderschön, dachte er. Die Luft ist so kühl. Die Erde ist so weich. Wie angenehm. Ein wunderschöner Felsenhahn flog vorbei. Setzte sich auf einen Baumstumpf. Sang. Flog weiter.

Wunderschön. Ich könnte immer hier sitzen bleiben.

Ein Nashornkäfer, der von einem Artgenossen gejagt wurde, huschte unter ein Blatt.

Ich muß hierbleiben. Bleiben. Morgen gehe ich. Vielleicht übermorgen.

Ein gelber Schmetterling landete auf seinem Knie und putzte sich. Paulo fühlte zärtliche Wärme für den Schmetterling. Ein Einssein.

Wenn ich nur hierbleiben könnte. Genau hier an dieser Stelle.

Ein Gedanke versuchte, auf sich aufmerksam zu machen. Hatte Moacyr Velho nicht etwas Wichtiges erwähnt? Etwas, das ich wissen müßte, dachte er. Ja. Er sagte, daß er tagelang herumsaß und gar nichts tat. Das ist eine der Nachwirkungen der Frucht. Ich tue genau dasselbe. Ich stehe besser auf. In einer Minute. Noch nicht. Ich muß mich ausruhen.

Es ist so wunderschön, sich hier an diesen *assacú* zu lehnen. Seltsam. Er sieht so vertraut aus. Es ist

derselbe wie in meinem Traum. Genau derselbe. Der Gedanke durchbrach die überwältigende Faulheit, die von ihm Besitz ergriffen hatte.
Er sprang auf die Füße und starrte in das dichte Laub. Da ist etwas Dunkles oben in der Mitte. Die Plattform, von der ich geträumt habe. Da bewegt sich was. Mein Messer. Mein Messer habe ich noch.
Leise kletterte er auf den Baum. Er kletterte so langsam wie ein Faultier. Auf halbem Weg sah er, daß er die Entfernung falsch eingeschätzt hatte. Die Plattform und der Affe waren näher am Wipfel.
Ungeduldig kletterte er schneller. Die Plattform war immer ein bißchen höher. Immer außer Reichweite. Am Wipfel brach er durch in das helle Himmelsgewölbe über dem Urwald. Sonne. Wolken. Baumwipfel. Ein Adler.
Es war nur ein Traum. Nur eine Illusion. Es gab keinen Affen. Keine Plattform. Nur Wirklichkeit. Aber, halt. Ein Geräusch von unten.
Kaum zu erkennen durch die Blätter, Äste und Kletterpflanzen kauerte der alte, graugesprenkelte Affe auf dem Waldboden und pickte Maden von einem verfaulenden Baumstumpf. Nein, wieder eine Täuschung. Aber nein, dafür ist es zu wirklich. Die Plattform im Baum war etwas Vages. Etwas, das schwer zu sehen war. Vielleicht nur ein Bündel Blätter. Das ist wirklich, dachte er.
Wieder stellte er seiner Beute nach. Wieder leise.

Er hielt sein langes Messer griffbereit und kletterte den ehrwürdigen Baum herunter.
Näher. Näher. Stille. Der Affe hörte ihn nicht. Er war so beschäftigt, daß er nicht aufblickte zu dem näher kommenden Tod. Jetzt!
Mit einem Sprung landete Paulo auf dem Boden und . . . nichts. Der Affe war weg. Er war nie dagewesen. Doch eine weitere Täuschung.
Nein. Da ist ein Affe. Er steht hinter einem Busch und starrt mich an. Er kann nicht wirklich sein. Er ist aber wirklich. Er kann es aber nicht sein. Meine Augen waren doch offen, als ich auf ihn sprang, und er ist einfach so verschwunden. Ich hätte ihn gar nicht verfehlen können. Aber er ist immer noch da. Er grinst mich an. Er schwenkt mein Gewehr!
Als Paulo einen Schritt auf das hassenswerte Geschöpf zuging, verschwand es wieder.
Es gab keinen Zweifel mehr. Er sah Dinge, die nicht da waren. Die Früchte wirkten immer noch. Mit der absoluten Gewißheit dessen, was ihm geschah, fühlte Paulo jedoch, wie sein Kopf wieder ganz klar wurde. Alle Täuschungen waren weg.
Die Wirklichkeit teilte ihm erbarmungslos mit, daß der Tag sich dem Ende zuneigte, daß er hungrig und durstig war, und daß er Schlaf brauchte. Einen erholsamen Schlaf.
Er kam sich schrecklich albern vor und wandte sich bekümmert diesen weltlicheren Angelegenheiten zu. Zunächst mußte er etwas zu essen finden. Er

erinnerte sich an ein paar andere Früchte, an denen er früher vorbeigekommen war. Rasch pflückte er ein paar davon. Es waren bittersüße *pupunhas* und eine dicke, schwere und saftige *jaca*, die bereits überreif war. Nachdem er sie gegessen hatte, trank er vom kühlen Wasser eines klaren Teiches und wusch dann sein Gesicht darin, was seinen Verstand noch klarer machte.

Da er zu müde war, um noch einmal zu klettern, machte er es sich zwischen den mächtigen Wurzeln eines freundlichen Baumes bequem und wartete auf den Einbruch der Nacht. Es dauerte Stunden, bis er endlich einschlief. Die Angst vor einem Wiederkehren des Traumes der vergangenen Nacht hielt ihn wach. Endlich jedoch übermannte ihn der Schlaf. Dieses Mal waren seine Träume nicht so lebhaft, und am nächsten Morgen konnte er sich nicht an sie erinnern.

Was war das?

Benommen setzte sich Paulo auf. Eine ferne Explosion hatte ihn geweckt. Eine Explosion, gefolgt von dem Kreischen eines Tieres.

Donnerte es? dachte er. Nein. Nein. Nein. Das war mein Gewehr. Einer der Affen hat im Spiel den Abzug gedrückt. Oder vielleicht ist es aus zu großer Höhe heruntergefallen. Ich erinnere mich jetzt. Es war nicht gesichert, als ich es fallengelassen habe. Es war rein Glück, daß es bis jetzt nicht losgegangen ist.

O nein. Noch eine Täuschung.
Und wenn nicht? Ich kann es nicht ignorieren. Ich könnte vielleicht mein Gewehr zurückbekommen. Was, wenn einer der Affen sich selbst erschossen hat? Das passiert Menschen häufig. Nein. Das wäre zu schön, um wahr zu sein.
Welche Richtung? Von wo? Von links. Der Sandstrand am Rand des Urwalds. Ich beeile mich besser.
Nachts durch den Hochdschungel zu gehen, ist nicht schwer. Es ist auch nicht unangenehm, es sei denn, man hat Angst. Schatten huschen vorbei. Geflügelte Geschöpfe werden vom Licht aufgeschreckt und fliegen hastig. Blätter und Zweige sehen gespenstisch aus. Baumstämme wirken bedrohlich – schattenhafte Gesichter mit beobachtenden Augen scheinen aus ihnen zu entstehen. Paulo bemerkte diese Dinge kaum. Der Wald war sein Freund.
Eilig, aber vorsichtig ging er im goldenen Schein seiner Taschenlampe dem Geräusch des Schusses nach. Alles, was ich tun kann, dachte er, ist, mein Gewehr zurückzuholen. Es ist zu spät, um weiter Jagd auf die Affen zu machen. Ich habe einfach keine Zeit mehr. Vielleicht treffe ich auf dem Nachhauseweg noch auf einen Jaguar. Oder vielleicht schieße ich zwei oder drei große Kaimane. Ihre Haut ist so viel wert, daß die Reise nicht ganz umsonst sein wird.

Er brauchte fast eine Viertelstunde, um zum Strand zu kommen. Der Schuß war täuschend deutlich gewesen. Es hatte sich viel näher angehört.
Und was, wenn mein Gewehr gar nicht da ist? Was, wenn es irgendwo im Dschungel liegt? Wenn das der Fall ist, finde ich es nie mehr.
In dem Augenblick, in dem er den Strand erreichte, brach die Dämmerung an. Was er sah, war ein unglaublicher, fast freudiger Anblick. Freudig, aber auch entsetzlich, fast mitleiderregend.
Halb in, halb aus dem Wasser, zwischen den Wurzeln eines großen, umgestürzten Baumes, lag einer der größeren Riesenaffen auf dem Rücken, ohne Kopf. Neben ihm auf dem Sand lag das todbringende Gewehr.
Paulos erste Reaktion beim Anblick seiner Beute, die endlich in Reichweite war, und seines Gewehres war Freude und Erleichterung. Aber unerklärlicherweise tat es ihm um die verstümmelte Kreatur auch leid. Sie sah fast menschlich aus, wie sie mit ausgestreckten Armen dalag, mitten in einem sorgenfreien Leben von einem plötzlichen, geheimnisvollen Tod ereilt.
Während er dastand, rekonstruierte Paulo, was sich ereignet haben mußte. Entweder der tote Affe oder einer von den anderen hatte mit dem Gewehr gespielt, als es auf einmal losging. Der Schuß hatte ein klaffendes Loch in seine Brust gerissen. Krokodilspuren und eine breite Schleifspur im Sand wa-

ren ein Zeichen dafür, daß ein Kaiman den Körper teilweise ins Wasser gezogen hatte. Er hatte ihn wahrscheinlich beim Kopf gezogen, bis der Körper zwischen den Baumwurzeln steckenblieb. Dann hatte der Kaiman, der ja schließlich mit einem Maul voller scharfer Zähne ausgestattet war, den Kopf des Affen abgebissen und war mit nur diesem einen Bissen davongeschwommen.

Erschrocken und entsetzt sah Paulo, wie der Körper des Affen auf einmal begann, sich auf und ab zu bewegen, als wollte er sich vom Boden erheben. Ein plötzliches Spritzen und Schäumen des Wassers sagte ihm jedoch, was wirklich geschah.

Piranhas! Die Piranhas verschlangen den Teil des Affen, der im Wasser lag.

Rasch rannte Paulo die wenigen Meter bis zum Ufer, ergriff den Körper beim Arm und zog ihn von den gefräßigen kleinen Fischen weg. Die Piranhas fraßen so blindwütig, daß ein paar von ihnen immer noch die Zähne in ihr flüchtendes, blutiges Mahl geschlagen hatten und mit aus dem Wasser gezogen wurden. Dort sprangen sie auf dem Sand herum, bis sie entweder starben oder wieder ins Wasser zurückfanden.

Was für ein Pech, dachte Paulo. Der Kopf ist weg. Die linke Seite, das linke Bein und der Arm waren bis auf den Knochen von den Piranhas abgenagt. Und ein faustgroßes Loch in der Brust. Aber er ist immer noch zu gebrauchen. Hier ist noch genug, um zu beweisen, daß es wirklich ein Riesenaffe ist. Niemand kann das bezweifeln, wenn sie die Größe seines Felles, und vor allem sein rechtes Bein und seinen Arm sehen. Was für ein unglaublich großes Glück! Am besten gehe ich gleich an die Arbeit, häute ihn und mache mich auf den Weg durch den Sumpf. Ich habe noch genug Zeit, um ihn vor der Dunkelheit zu durchqueren.

Mit seinem scharfen Messer und einer geübten Hand machte er sich an seine grausige Pflicht. Obwohl er das schon so häufig gemacht hatte, stiegen Zweifel, fast Schuldgefühle in ihm auf, als er das armselige Fell entfernte. Alle Indianer und auch manche Siedler aßen Affenfleisch mit Appetit, aber Paulo hatte es schon immer verabscheut, sie zu töten, geschweige denn, sie zu essen. Sie waren einfach zu menschlich. Zu intelligent. Eigentlich, um die Wahrheit zu sagen, hatte er ganz allgemein einen Abscheu vorm Töten. Aber dies war ein rauhes Land für diejenigen, die zögerten, unangenehme Dinge zu tun, um zu überleben.

Da. Er war fast fertig. Als er das Fell sauber vom Körper zog, fühlte er einen scharfen Stoß an seinem Nacken. Jemand hatte ihn mit einem Stock beworfen.

Drei der Riesenaffen bewarfen ihn mit Stöcken und kleinen Steinen. Die zornigen Tiere standen fünf bis sechs Meter weit entfernt und versuchten, ihn von ihrem toten Artgenossen zu vertreiben. Sie be-

gannen gellend zu schreien und vollführten Drohgebärden, blieben aber aus Furcht vor ihrem Peiniger die ganze Zeit in sicherer Entfernung.
Mit einem letzten harten Ruck zog Paulo die Haut ab. Er sprang auf, griff sein Gewehr und öffnete es rasch, um es neu zu laden. Da er die Tücken von Gewehren kannte, warf er auch einen raschen Blick in den Lauf, bevor er es neu lud. Ein mit Sand und Schlamm verstopftes Gewehr wäre ihm ins Gesicht explodiert. Glücklicherweise war es sauber.
Er zielte auf den größeren der drei Affen und dachte: Jetzt bekomme ich ein wirklich gutes Fell. Vielleicht sogar noch zwei gute, wenn ich schnell genug bin. Da machten die Affen etwas Seltsames. Sie hörten auf zu schreien und zu werfen, aber sie liefen auch nicht weg. Sie blieben einfach stehen und sahen ihn an, vielleicht aus Resignation oder vielleicht auch, weil sie einfach nur neugierig waren. Es war allerdings offensichtlich, daß sie jetzt wußten, wozu ein Gewehr in der Lage war. Sie würden ihn nicht angreifen.
Paulo zögerte. Dies war seine erste Gelegenheit, sie aus der Nähe zu betrachten. Bis jetzt hatte er sie immer nur kurz gesehen, wenn sie davonstürzten. Der, den er gerade enthäutet hatte, zählte nicht. Er war voller Blut, und sein zermalmter Kopf ruhte nun im Magen eines Kaimans.
Alle drei waren tief rotbraun. Sie hatten keine Schwänze, und standen sicher auf zwei Beinen. Es

war ihre natürliche Haltung, die bequemste für sie. Ihre Gesichter ähnelten, allerdings auch das nur schwach, denen der Kapuzineraffen.
Warum bleiben sie da stehen, dachte er. Sie starren mich einfach nur an. Sind sie zu entsetzt, um wegzulaufen? Wollen sie einen Überraschungsangriff starten? Sie sehen aus wie behaarte Menschen.
Und dann wußte er, daß er sie nicht töten konnte. Sie sahen zu menschlich aus. Und sie waren auf ihre Art intelligent. Mehr jedoch als jeder andere Faktor, der zu der Entscheidung führte, sie zu verschonen, zählte der plötzliche Gedanke, daß sie eine aussterbende Art waren. Die wenigen, die in diesem Urwald lebten, waren vielleicht die einzigen. Er wußte von ihren Spuren, daß es sieben von ihnen gab. Mit dem Tod dessen, den er enthäutet hatte, waren sie nur noch sechs. Was würde passieren, wenn er noch einen töten würde? Vielleicht wäre das ihr Todesurteil als lebende Spezies. Traurig senkte er sein Gewehr und hob das zerrissene, geschundene Fell vom Boden auf. Er warf noch einen letzten Blick in ihre starren, ausdruckslosen Augen, dann wandte er sich ab und begann seinen Marsch zurück durch den Sumpf. Als er wegging, ohne sich noch einmal umzusehen, konnte er hören, wie auch sie sich leise umdrehten und zurück in ihr Urwaldheim strebten.

EPILOG

Während er durch den Sumpf zurückging, machte Paulo sich Vorwürfe, daß er nicht noch wenigstens einen von den Affen getötet hatte. Aber dann dachte er an die Riesenflußottern, die so lange gejagt worden waren, bis sie fast ganz ausgerottet waren, und war endgültig davon überzeugt, daß er keinen mehr hätte erschießen können. Wenig später kam er an dem geheimnisvollen, kreisrunden Teich des Todes vorbei. Daneben war ein neuer, erst kürzlich gegrabener, entstanden. Nun wußte er, daß er zurückkommen würde. Die Teiche schrien geradezu danach, untersucht zu werden, und vielleicht würde er dann auch noch einmal die Affen sehen.

Nicht, um sie zu töten, sondern nur, um sie zu betrachten und vielleicht sogar, um ihre Lebensgewohnheiten zu studieren.
Wenn er nur jemandem die ganze Geschichte erzählen könnte. Aber er wußte, daß das nicht ging. Andere Jäger würden es ihm nachmachen, und bald würde es keine Riesenaffen mehr geben. Er würde ein falsches Gebiet angeben müssen, und er würde jedem sagen, daß er nur einen einzigen Affen gefunden hätte. Es würde ein Geheimnis bleiben müssen, außer . . . natürlich. Noemi. Ihr konnte er alles erzählen. Sie hatten keine Geheimnisse voreinander, und sie würde es niemanden weitererzählen. Aber sie konnte nicht mit ihm hierhinkommen, um seine Erfahrung zu teilen.
Vater O'Malley! Er würde begeistert sein, wenn er mit ihm kommen könnte. Er würde es keinem erzählen.
Mit diesen fröhlichen Gedanken setzte er seine Reise fort. Und nach ein paar Tagen war er zu Hause bei einer überglücklichen Noemi und einer winzigen Tochter namens Nairi.
Die Nachbarn und alle anderen Leute, die ihn mit Fragen bestürmten, belog er. Er sagte, er habe den Affen irgendwo im Süden des Rio Moa geschossen, den genauen Ort wisse er nicht mehr. Moacyr Velho kannte die Wahrheit, aber er sagte nichts. Auch Noemi schwieg, und ebenso Vater O'Malley,

der bereits Pläne schmiedete, im nächsten Jahr mit ihm in den Sumpf zurückzugehen.
Saad, der alte Pelzhändler, hielt sein Wort. Er zahlte tatsächlich einen guten Preis für das Fell des Affen, obwohl es so beschädigt war. Er war zwar nicht so glücklich damit, wie er mit einem unbeschädigten Fell gewesen wäre, aber er war zufrieden.
Von dem Geld, das ihm der alte Saad gab (ein Jahreslohn, wenn er in der Fabrik gearbeitet hätte), kaufte Paulo ein Radio für Noemi, bezahlte alte Schulden, und er kaufte Nahrungsmittel, Kleider und, wie der alte, graugesprenkelte Affe in seinem Traum gesagt hatte, viel Spielzeug und unnützen Plunder.
Die Geschichte des Affenfells war hier noch nicht zu Ende. Der alte Saad nahm es schließlich mit nach Hause, wo er es seiner Frau Maria zeigte.
Stolz und freudestrahlend sagte er zu ihr: »Das ist ein Vermögen wert! Dr. Pereira hat mir eine Million *cruzeiros* versprochen, wenn ich ihm ein solches Fell bringe. Kannst du dir das vorstellen? Eine Million *cruzeiros*! Vielleicht verlange ich auch anderthalb Millionen von ihm, wegen der Inflation.«
»Aber«, antwortete Maria, »sieh doch mal, wie häßlich und zerrissen es ist. Das ist ja eine Schande!«
»Der Zustand spielt keine Rolle. Es ist das einzige Fell dieser Art, das es gibt. Dr. Pereira ist ein gerechter Mann. Er wird mit Freuden bezahlen.«
Da Dr. Pereira flußabwärts nach Itacoatiara geru-

fen worden war und erst am nächsten Morgen zurückkommen würde, beschloß der alte Saad, mit seinen Freunden zu feiern. Er würde sie alle freihalten, und jeden in ihrem Lieblingsclub unter den Tisch trinken. Geld war ja genug da.

Als er zum Treffen mit seinen Freunden aufgebrochen war, nahm Maria das wertvolle Fell und betrachtete es mißtrauisch. Was für eine Schande, dachte sie. Ah, ich weiß. Ich werde ihn überraschen. Ich werde die zerrissenen Stücke so gut zusammennähen, wie es geht. Dann sieht es zwar immer noch nicht so vollkommen aus, aber es ist zumindest nicht mehr so häßlich.

Am nächsten Morgen weckte sie ihren Mann, der einen gräßlichen Kater hatte.

»Wach auf. Du hast gesagt, ich soll dich früh wekken, damit du unser Geldfell zu Dr. Pereira bringen kannst. Und ich habe eine Überraschung für dich.«

»Überraschung?« krächzte er mit trockenen Lippen. Er fühlte sich völlig zerschlagen und hatte solche Kopfschmerzen, daß sein Kopf zu platzen drohte.

»Ja. Sieh mal«, sagte sie und hielt das Fell hoch.

»Das sieht ja ganz anders aus«, sagte er, schon etwas wacher. »Was ist denn damit passiert?«

»Ich habe die schlimmsten Rissen zusammengenäht. Sieht es jetzt nicht besser aus?«

Geschockt und völlig entsetzt starrte der alte Saad

das Fell an. Nein! dachte er. O, *meu Deus*! Was hat sie bloß getan?

»Stimmt irgend etwas nicht, *querido*?« fragte sie. »Habe ich etwas falsch gemacht?«

Sie konnte es nicht wissen, dachte er. Vielleicht ist es ja egal. *Nossa Senhora*. Hoffentlich ist es egal.

»Warum sagst du nichts?« fragte Maria besorgt. »Hast du so einen schlimmen Kater?«

»Es tut mir leid, *querida*. Mir platzt der Kopf. Das hast du wunderschön gemacht. Ich kann kaum die Stiche sehen.«

»Ich habe sie so winzig wie möglich gemacht. Du mußt ganz nah herangehen, um sie zu sehen. Ich wette, daß Dr. Pereira entzückt ist.«

»Ganz bestimmt«, erwiderte er mit einem schwachen Lächeln. *Puxa vida!* Hoffentlich ist er entzückt, dachte er und konnte ein Stirnrunzeln nur schwer unterdrücken.

Erst spät am Nachmittag gelang es dem alten Saad, Dr. José do Prado Pereira von seinen Patienten loszueisen. Obwohl Dr. Pereira vollkommen überlastet war, fand er immer die Zeit, um sich eine neue Tierspezies anzusehen. Er war zwar Arzt, hatte aber auch Zoologie studiert, eine Wissenschaft, die seine große Liebe war, nur leider konnte man damit nicht soviel Geld verdienen wie mit der Medizin. Er war jedoch stolz darauf, daß er sich unter Kollegen in Rio de Janeiro und São Paulo einen Namen gemacht hatte, indem er ihnen neue Arten bekannter Tiere und, zweimal schon, die Felle von Tieren geschickt hatte, die die Wissenschaftler noch nie zuvor gesehen hatten. Alle Jäger und Händler in Manaus kannten ihn, weil er für etwas Neues oder für besonders schöne Exemplare der Tiere, die man schon kannte, so gut bezahlte.

»Kommen Sie herein, *Senhor* Saad«, rief er durch die geöffnete Praxistür. »Was haben Sie mir dieses Mal mitgebracht? Etwas Gutes?«

»O ja, Dr. Pereira. Etwas Wunderbares. Etwas noch nie Dagewesenes.«

»Und was?«

»Das Fell eines Riesenaffen. Erinnern Sie sich noch? Sie haben mir eine Million *cruzeiros* dafür geboten. Nun, hier ist es.«

Mit zugeschnürter Kehle und zitternden Händen ergriff Dr. Pereira das angebotene Fell und rollte es auf.

»Endlich. Endlich. Ich habe so lange ... Was ist das denn? Stiche? Was ...?«

»Meine Frau, Dr. Pereira. Sie wußte es nicht besser.«

»Von allen Leuten. Sie ... Saad ... von allen Leuten. Wissen Sie nicht, daß ich ein Experte im Erkennen von Betrug bin? Wissen Sie nicht, daß die Leute – dumme, unwissende Leute – mir immerzu zweiköpfige Hunde, Katzen mit drei Schwänzen und Affen mit weißem Fell, das gebleicht wurde, bringen? Wissen Sie nicht, daß manche von diesen Dingen so täuschend echt nachgemacht sind, daß ...? Sie Betrüger! Verschwinden Sie aus meiner Praxis. Nehmen Sie das elende Ding wieder mit.«

»Aber, Doktor ...«

»Kommen Sie mir nie wieder unter die Augen.«

Draußen hatte es zu regnen begonnen. In der Regenzeit regnete es täglich, manchmal heftig in Gewitterschauern, manchmal tröpfelte es nur. Dies war ein heftiger Regen. Blitze zuckten. Der Himmel grollte.

Der alte Saad merkte nichts von dem Regen. Er merkte kaum, wie er langsam nach Hause ging. In einem Anfall von Wut, den er für den Rest seines Lebens bereute, weil Dr. Pereira am nächsten Tag zu ihm kam, sich entschuldigte und das Fell noch einmal ansehen wollte, warf er das Fell auf die Straße und ließ es dort liegen.

Spät am Abend fand es ein Rudel streunender Hunde, und freudig zerfetzten sie es.

TOCHTER DER SONNE

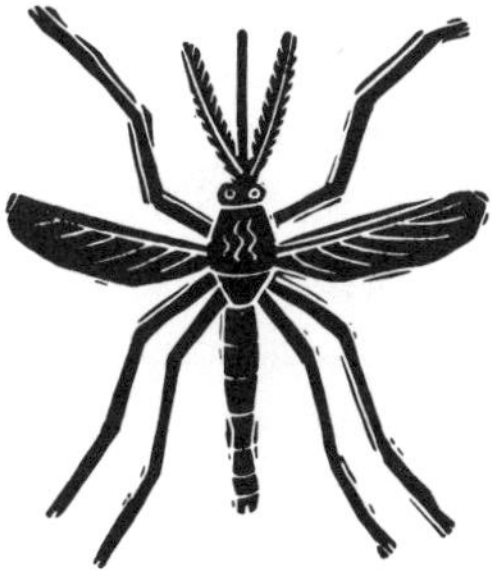

Wahrscheinlich wäre Mariquinhas Kindheit nicht anders verlaufen, wenn Bom Jesus, Fatimas Schildpattkatze, an diesem längst vergangenen Tag nicht zu ihr gekommen wäre. Die Tatsache jedoch, daß er kam, verlängerte wahrscheinlich die einzig glücklichen Tage ihrer elenden Kindheit.
Einst war Zulmira, Mariquinhas Mutter, wie die meisten Mütter: besorgt, liebevoll, manchmal ungeduldig und manchmal zänkisch. Wenn Mariqunha, ihr einziges Kind, krank war, pflegte sie sie hingebungsvoll und ging zu *seu* Estevão, ganz gleich, ob es Tag oder Nacht war, um Medizin zu holen. Sie kannte zu viele Kinder, die an Grippe, Durchfall, Lungenentzündung oder anderen ge-

heimnisvollen Krankheiten, die tragischerweise unheilbar waren, gestorben waren.
Zulimira nahm ihre Tochter immer mit, wenn sie auf den Getreidefeldern ihrer Familie arbeitete, und wies ihr kleine, nette Aufgaben zu. Diese Aufgaben waren nie anstrengend und eigentlich auch nicht notwendig. Für gewöhnlich sammelte Mariquinha die kleinen Wildblumen, die üppig zwischen den hohen Kornähren wucherten. Wenn ihre Mutter Gras mähte, Ähren ablas oder Körbe mit Kräutern füllte, die zwischen dem Korn gesät waren, hatte sie die Aufgabe, die unerwünschten Besucher aus dem Dschungel zu verjagen, die sich ihren Anteil vom Überfluß des Feldes holen wollten. Diese Besucher waren leicht einzuschüchtern, sogar von einem kleinen Kind. Meistens waren es leuchtendbunte Papageien und kleine Affen, manchmal auch Leguane und Schlangen. Die Leguane waren leicht zu verscheuchen, bei den Schlangen jedoch holte sie ihre Mutter, die so heftig mit ihrer Hacke auf sie einschlug, daß sie eiligst zurück in den Wald glitten.
Wenn Noemi auf dem Nachbarfeld Gemüse und Kräuter pflanzte, paßte Mariquinha auf das Baby auf. Sie scheuchte die blutsaugenden *mutucas, piuns* und Moskitos weg und sang dem Baby etwas vor – aber nur ganz leise, denn sie wußte, daß sie nicht gut singen konnte, und sie wollte nicht, daß jemand sie hörte.
Seu Bezerra und seine Frau Anna kamen oft mit

ihrem Karren voller Zuckerrohr bei Zulmira und ihrer Tochter vorbei. *Seu* Bezerra hackte für sie fußlange Stücke Zuckerrohr ab. Dann setzten sich Mutter und Tochter für eine Weile mit gekreuzten Beinen auf die weiche Erde und kauten darauf herum. Wunderbares, süßes Zuckerrohr.

Diese langen, sonnigen Tage auf den Feldern gehörten zu den ältesten und liebsten Erinnerungen Mariquinhas. Fast alles, bei dem sie ihrer Mutter half, machte ihr Freude. Wäsche waschen im Bach oder Essen kochen für ihren Vater; alles.

Mit sechs Jahren war Mariquinha ein bezauberndes Kind. Ihre lichtbraunen Haare bekamen in der Sonne einen goldenen Schimmer, und wenn sie nicht gebräunt war, lag ihre Hautfarbe irgendwo in der Mitte zwischen hell und olivenfarben. Am schönsten jedoch waren ihre braunen Augen mit den langen, dunklen Wimpern, die wie mit Bernsteinpuder überstäubt wirkten. Die meisten Erwachsenen überkam ein wehmütiges Gefühl, wenn ihnen ein unschuldig verführerischer Blick aus diesen wunderschönen Augen geschenkt wurde.

Zulmira war das erwachsene Abbild von Mariquinha. Abgesehen von Alter und Größe sahen sie sich vollkommen ähnlich. Zulmira war groß und gertenschlank und von einer fast unnahbaren Schönheit. In ihrem Geist jedoch war eine Dunkelheit, eine Dunkelheit, die sich langsam und kaum wahrnehmbar über die Jahre hinweg ausbreitete.

Sie veränderte ihre normale Freundlichkeit in kontrollierte Liebenswürdigkeit, dann in kaum verhüllte Feindseligkeit, die schließlich in offene Bitterkeit Familie und Freunden gegenüber umschlug. Und obwohl man immer noch sah, wie schön sie einmal gewesen war, wurde sie schlampig in ihrer Erscheinung und ihren Gewohnheiten. Manchmal kämmte sie ihre Haare tagelang nicht, vernachlässigte ihre wenigen Kleider und wurde zerlumpt und ungepflegt. Und was noch schlimmer war, sie wurde zänkisch ihrem Mann und ihrer Tochter gegenüber; sie keifte und schrie, und sie gebrauchte immer öfter Kraftausdrücke und obszöne Wörter. Hinter ihrem Rücken nannte man sie *Dona Carapanã*, Lady Moskito.

Die schreckliche Dunkelheit, die Zulmiras Gedanken umfing und ihr irrationales Verhalten hervorrief, wurde von Zeit zu Zeit von lähmenden Kopfschmerzen begleitet, denselben unerträglichen Kopfschmerzen, unter denen sie auch zwei Jahrzehnte später starb.

Nirceu Guimarães Jardim, Zulmiras Mann, war achtundzwanzig, zwei Jahre älter als sie. Jeder in Guajará nannte ihn *Dindinho*, Lieblingsonkel. Mariquinha war die einzige Ausnahme. Sie nannte ihn natürlich *Papai*.

Dindinho war ein guter Ehemann. Er arbeitete schwerer als die meisten anderen Männer im Ort. Mit Zulmiras Hilfe brachte er immer eine gute

Ernte ein. Wenn er fischen ging, kam er meistens mit den größten Fängen nach Hause. Jagen lohnte sich ganz besonders für ihn. Abgesehen von seinem Nachbarn Paulo Moraes brachte er mehr wertvolle Felle von der Jagd heim als jedermann sonst.
Mit dem Geld aus dem Verkauf seiner Ernten in Cruzeiro do Sul und dem Geld, das er für die Felle bekam, hatte er einen schönen Kleiderschrank aus Rosenholz für seine Frau gekauft, und auch ein Bett aus Rosenholz, das sie beide haben wollten, nachdem sie es in einem Schaufenster in Cruzeiro gesehen hatten. Ihr Haus unterschied sich nicht von den anderen im Ort. Aus roh behauenen, aber kräftigen Balken zusammengezimmert und mit einem Dach aus Palmblättern, schien es kaum dazu gemacht zu sein, zwei so erlesene Stücke aufzunehmen. Aber obwohl nur wenige Dächer so wasserdicht sind wie solche aus Palmblättern, plante Dindinho, das Dach mit Ziegeln zu decken.
Mariquinha gegenüber war er immer, wie auch Zulmira früher, liebevoll und freundlich gewesen, immer bereit, sich ihrer kleinen Probleme anzunehmen. Er war immer da, wenn sie Zuneigung brauchte, ein kaputtes Spielzeug repariert werden oder eine Kinderfrage beantwortet werden mußte. Zwei Dinge hielten ihn davon ab, sich in das einzumischen, was zwischen Mariquinha und ihrer Mutter vor sich ging. Zum einen hatte er eine Abneigung gegen Szenen jeglicher Art. Das kam seiner

Familie manchmal zugute, denn so gab es weniger häusliche Streitigkeiten, oder wenn es Auseinandersetzungen gab, dann dauerten sie nur wenige unangenehme Augenblicke. Nachteilig war, daß er es so vermied, unangenehmen Wahrheiten ins Auge zu sehen. Zum anderen hatte er ein Problem, dem er völlig machtlos gegenüberstand. Er litt an Anfällen von Schwermut. Im Laufe der Jahre hatte er gelernt, so gut wie normal zu funktionieren, wenn er in eine seiner tiefen Depressionen verfiel. Er arbeitete wie gewöhnlich und lächelte mit großer Mühe, wenn Lächeln erforderlich war. Nach außen hin merkte man ihm kaum an, was im Innern mit ihm geschah, aber wenn er allein war, setzte er sich auf einen Baumstumpf, eine Sandbank, in sein Kanu oder wo immer er von keinem gesehen werden konnte, und starrte manchmal stundenlang blicklos vor sich hin. Seine Gedanken gingen zurück zu früheren Zeiten, und er konnte sich nicht aufraffen, bis es dunkel wurde oder jemand zufällig vorbeikam und ihn aus seiner Versunkenheit riß. Auch das hielt ihn davon ab, Mariquinha zu helfen, weil es, wenn er von der Arbeit nach Hause kam, meistens schon dunkel war, und er so nie mitbekam, was Zulmira ihrer Tochter antat.

Mariquinha redete nie mit ihrem Vater über ihre Mutter. Sie war loyal. Sie beklagte sich nur über Krankheiten, die verfluchten Insekten und die einfacheren Probleme des Lebens.

Zulmiras Veränderung ging langsam vonstatten. Es begann kurz nach Mariquinhas sechstem Geburtstag. Sie bestrafte sie öfter und wurde strenger. Aus Schelte und gelegentlichen leichten Klapsen wurden Geschrei und Schläge; und was das Schlimmste dabei war, sie waren in den seltensten Fällen gerechtfertigt.

Aus »Paß auf deine Hand auf, *menina*. Du schneidest dich, wenn du den Fisch zu deinem Körper hin schuppst, anstatt von ihm weg. Hier, ich zeige es dir mal.« wurde »Blöde Idiotin! Du hast fast den Teller zerbrochen. Du bist nichts wert! Schamlos!«

Zulmira prügelte Mariquinha erbarmungslos. Manchmal schlug sie sie mit der Hand, manchmal mit einem Stock, den sie gerade zur Hand hatte, ob er jetzt knotig, dornig oder glatt war. Das kleine Mädchen weinte nie, wenn es geprügelt wurde. Später, wenn Mariquinha allein war, schluchzte sie leise, damit sie nur ja keiner hörte. Aber sie weinte aus Kummer, nicht vor Schmerzen. Die Tränen der Ungeliebten.

Wenn sie geweint und geschrien hätte, hätte vielleicht ihr Vater etwas erfahren, und er hätte den grausamen Bestrafungen bestimmt ein Ende gesetzt. Aber er erfuhr nichts. Eigentlich war es sogar das Beispiel ihres Vaters, das Mariquinha so stoisch reagieren ließ. Sie hatte einmal gesehen, wie er sich mit seiner Machete in den Fuß gehauen hatte, als er ein Stück Urwald rodete, auf dem er Orangenbäume setzen wollte. Er hatte lediglich geflucht und war zusammengezuckt, aber ansonsten hatte er die qualvollen Schmerzen ertragen, als habe ihn ein Huhn gepickt oder ein verspieltes Hündchen gezwickt. Beiläufig hatte er sein Hemd ausgezogen und es um seinen Fuß gewickelt, dann hatte er Mariquinha auf den Arm genommen und war den langen Weg zum Haus des *curandeiro* gehumpelt. Dort hatte er ohne ein Wort der Klage die Behandlung des alten Mannes ertragen, die darin bestand, die Wunde mit Alkohol zu säubern und sie mit einer im Feuer desinfizierten Nadel und dünner Angelschnur zusammenzunähen.

Nur zweimal strafte Zulmira Mariquinha im Beisein ihres Vaters, und beide Male war die Bestrafung verdient und fiel relativ milde aus. Die Nachbarn hörten manchmal, wie sie Mariquinha anschrie und beschimpfte, sagten aber, obwohl sie dieses Verhalten mißbilligten, nichts, weil Mariquinha anscheinend glücklich war. Schließlich lachte sie immer und spielte mit den anderen Kindern, und niemand hatte sie jemals weinen sehen. Sie hatten auch nie die klatschenden Geräusche gehört, die manchmal fünfzehn Minuten unablässig andauerten.

Als Mariquinha sieben Jahre alt war, hatte Zulmira beschlossen, daß Schläge und Schimpfen nicht ausreichten. Ihre Tochter wurde vergeßlich. Schon zum zweitenmal hatte sie vergessen, ihre Hängematte aufzurollen und den Fußboden in ihrem Zim-

mer aufzuwischen. Sie war zu begierig darauf, mit ihren Freundinnen zu spielen.
Meine Tochter soll nicht faul werden, dachte sie. Ich werde etwas tun müssen. Was? Sie soll eine Stunde in ihrem Zimmer bleiben, bevor sie spielen geht. Nein. Zwei Stunden. Nein. Sie ist zu erfinderisch. Sie wird sich irgendein dummes Spiel ausdenken, das sie ganz allein spielen kann.
Unter dem Haus. Sie geht nicht gern dahin. Perfekt.
Die meisten Häuser in Guajará stehen einen halben bis einen Meter über dem Boden, und der Raum zwischen Fußboden und Boden ist selten ausgebaut. So kann die Luft ungehindert zirkulieren, und das Haus wird kühl gehalten. Außerdem werden so Schlangen und anderes Ungeziefer daran gehindert, sich dort einzunisten. Die kleineren Farmtiere können dort zusätzlich Schutz vor der heißen Sonne finden. Auch andere Häuser am Amazonas und seinen Nebenflüssen sind so gebaut, allerdings hauptsächlich wegen der jährlichen Überschwemmung, von der Guajará wegen seiner Lage hoch über dem Fluß nicht betroffen ist.
Obwohl die Schweine, Hühner und Hunde den Platz unter dem Haus wegen seiner angenehmen Kühle zum Ausruhen sehr schätzten, hatte Mariquinha schreckliche Angst davor. Das einzige Mal, als sie dort gewesen war, war sie von einer Spinne gebissen worden.

»Aber *Mamae*, da unten gibt es Spinnen. Sie werden mich beißen.«
»Das ist egal. Außerdem fressen die Hühner sie. Die meisten jedenfalls.«
»Aber ich habe doch meine Hängematte aufgerollt und den Boden gewischt.«
»Du hast es aber nicht ordentlich gemacht. Es sieht immer noch wie ein Schweinestall aus. Wenn du jetzt nicht auf der Stelle gehst, lasse ich dich drei Stunden statt zwei dort unten bleiben.«
»Ja, *Mamae*.«
Außer an den Sonntagen, wenn Dindinho tagsüber zu Hause war, mußte sie jetzt ein ganzes Jahr lang jeden Tag zwei bis fünf Stunden unter dem Haus verbringen. Es stellte sich jedoch heraus, daß es gar kein so schrecklicher Ort war. Am ersten Tag kam glücklicherweise Bom Jesus dort unten vorbei, half ihr dabei, ihre Furcht zu überwinden, und blieb bei ihr, bis ihr erlaubt wurde, wieder nach oben zu kommen. Viele Male danach kam er vorbei, um ihr Gesellschaft zu leisten und um gestreichelt zu werden. Außerdem war auch noch ihr fetter, bösartig aussehender Eber Monstro da. Er kam manchmal vorbei, und er liebte es, gekratzt und geklopft zu werden. Die Hühner wimmelten immer dort unten herum, aber sie waren ziemlich schmutzig und ließen überall etwas fallen, und außerdem waren sie auch nicht besonders zahm. Manchmal kamen die Küken zu nahe an Mariquinha heran, dann griff

sie sofort nach ihnen und küßte und herzte ihre Ängste weg, bis sie sich bei ihr schläfrig zufrieden fühlten.
Nein, eigentlich war es ein ziemlich netter Ort. Als ihre Freundin Fatima, die genauso alt war wie sie, sie dort fand, kam auch sie häufig zu Besuch, heimlich natürlich. Zulmira wäre außer sich vor Wut gewesen, wenn sie jemals von Fatimas Besuchen erfahren hätte. Glücklicherweise fand sie es niemals heraus. Die beiden Kinder verbrachten viele glückliche Stunden flüsternd und kichernd, und sie schwiegen nur, wenn Zulmiras Schritte direkt über ihnen zu hören waren.
»Mariquinha, Mariquinha«, flüsterte Fatima, »bist du da? Ich kann dich nicht sehen.«
»Fatima? Ja, ich bin hier. Ich sitze auf Monstro.«
»Ist meine Katze da unten?«
»Ja. Sie liegt zusammengerollt wie ein Ball auf Monstros Kopf.«
Als Fatima bei Mariquinha unter dem Haus war, flüsterte sie: »O *menina*, daß du keine Angst vor diesem großen, dicken Schwein hast. Es sieht so aus, als könnte es dich mit einem Bissen verschlingen.«
»Nein, es würde keinem etwas tun. Außerdem bekommt es genug zu fressen. *Papai* hat unten am Fluß Bananenbäume nur für es und die anderen Schweine gepflanzt, und sie sind stundenlang da unten und fressen die Wurzeln. Wenn sie nicht so dumm wären, würden sie abwarten, bis die Bana-

nen gewachsen sind. Die würden bestimmt besser schmecken als die blöden Wurzeln.«

»Mariquinha, wir fahren morgen nach Cruzeiro. *Papai* hat gesagt, du könntest mit uns kommen. Darfst du? Bitte, kommt mit.«

»Ich weiß nicht. Ich muß erst fragen. Vielleicht, wenn ich mein Zimmer so gut aufräume, daß *Mamae* zufrieden ist. Kannst du mir helfen?«

»Ja. Wir machen es so sauber, daß sie dich gehen lassen muß.«

»Hast du die neuen Puppen gesehen, die sie auf dem Markt haben? Sie sind wunderschön.«

»Ja. Sie sind so süß.«

So wurden die langen Stunden von Mariquinhas Verbannung verkürzt und in eine schöne Zeit verwandelt, wenn ihre Freundin Fatima ihr Gesellschaft leistete. Aber auch wenn sie alleine war, fand sie eine Menge zu tun. Zumindest waren immer ein paar Tiere da, und es gab nur wenig Spinnen. Die meisten waren winzigklein und hielten sich in den Ecken und den leicht überhängenden Wänden auf, die bedeckt waren von ihren feinen Netzen. Und waren nicht auch sie Freunde? Fingen sie nicht die Fliegen und Moskitos, die sie sonst gequält hätten? Zweimal waren ein paar sehr unangenehme Schlangen da, aber beide Male war auch Bom Jesus bei ihr und trug sie weg, wahrscheinlich, um wieder einmal damit Verstecken zu spielen. Bei einer anderen Gelegenheit hatte sich eine unberechenbare Vampirfledermaus kurz vor Tagesanbruch zum Schlafen unter die Dielenbretter gehängt. Sie wäre besser aufgehoben gewesen bei ihren Artgenossen in ihrem verborgenen Lager zwischen den rollenden Hügeln im Westen. Als Monstro sie sah, verschlang er sie mit einem einzigen Bissen. Das veranlaßte Mariquinha, sich Sorgen um die Küken zu machen. Sie hatte noch nie vorher gesehen, daß er ein lebendiges Tier gefressen hatte. Aber Schweine sind schlauer, als die meisten Menschen denken. Vielleicht war er zu klug, um das Geflügel seines Herrn zu belästigen. Schließlich mußte er gesehen haben, was mit den anderen Schweinen passiert war, wenn die Dorfbewohner Appetit auf Schweinefleisch bekamen. Und vielleicht hatte er auch gesehen, was Bom Jesus passiert war, als er angefangen hatte, Hühner zu jagen. Mit Besen verprügelt zu werden tut weh. Natürlich, überlegte Mariquinha mit einer für ein Kind ungewöhnlichen Weisheit, sind sie seine Freunde. Sobald er sich hinlegt, hüpfen sie auf ihn und picken alle Käfer weg, die er sich beim Suhlen im Schlamm am Flußufer zugezogen hat.

Ihre Tiere zu beobachten hielt sie stundenlang beschäftigt. Manchmal allerdings konnte auch das langweilig werden. Dann halfen Tagträume. Tagträume von wunderschönen Orten, von denen sie irgendwann gehört hatte. Tagträume darüber, die Königin aller Tiere zu werden, und vor allem Tag-

träume über die Sonne. Sie liebte die Sonne. Wenn sie sie doch nur einmal besuchen könnte. Sie war fasziniert gewesen, als ihr Vater ihr erzählt hatte, wie wichtig die Sonne für jedes Lebewesen auf der Erde sei. Er erzählte ihr, daß die Pflanzen sterben würden, wenn es keine Sonne mehr gäbe. Wenn die Pflanzen sterben würden, würden auch die Tiere, die von den Pflanzen lebten, sterben. Wenn sie stürben, würden auch die Tiere, die die Tiere fraßen, die von den Pflanzen lebten, sterben. Und dann würde nichts mehr auf der Erde sein als der nackte Boden und die Knochen derer, die einmal dort gelebt hatten. »Aber mach dir keine Sorgen«, hatte er gesagt. »Die Sonne war immer da und wird immer da sein. Es ist ihre Aufgabe, alle glücklich und lebendig zu erhalten.«
Dindinho grübelte immer über diese unschuldige Geschichte nach. Spielte sie eine Rolle bei dem, was seiner geliebten Tochter passierte? Er konnte sich nie dazu durchringen, sie zu fragen.

Eines regnerischen Tages war Zulmira besonders übellaunig. Der Regen hatte nach der Hitze der vergangenen Tage nur wenig Erleichterung gebracht. Die Luft stand. Kein Wind kühlte das Haus. Ihre Verwandten und ein paar der Nachbarn hatten begonnen, ihr Fragen zu stellen, wie sie ihre Tochter behandelte. »Die ganze Zeit unter dem Haus zu hocken ist bestimmt nicht gut für sie«, hatte ihre

Schwester Gloria gesagt. Dona Santa hatte taktvoll erwähnt, daß Mariquinha in der letzten Zeit ein wenig angegriffen und dünn aussähe. »Geht es ihr vielleicht nicht gut?«

Alle hilfreichen Vermutungen wurden jedoch mit einem vehementen »Ich weiß selbst, was für mein Kind das Beste ist. Kümmert euch um eure eigenen Kinder« zurückgewiesen.

Am Abend zuvor war Dindinho früh nach Hause gekommen. Jemand hatte sich bei ihm über Zulmiras Grausamkeiten beklagt. Es war jedoch zu keiner Auseinandersetzung gekommen, weil Zulmira alles mit Halbwahrheiten herunterspielen konnte. »Ach, das ist nur Geschwätz. Wer hat dir denn so was erzählt?«

»Zwei oder drei verschiedene Leute.«

»Na ja, natürlich stimmt es. Aber sie übertreiben alle. Ich schicke Mariquinha schon mal unter das Haus, aber nie länger als fünfzehn oder zwanzig Minuten. Und manchmal rege ich mich auch auf und schreie sie an, aber das tun viele Mütter.«

»Aber *coração*, meinst du nicht, daß es ihr schaden könnte, wenn sie unter dem Haus hocken muß? Es könnten Schlangen oder Skorpione da sein.«

»Nicht, wenn ich sie runterschicke. Ich sehe vorher nach, ob welche da sind. Und warum ist das überhaupt so wichtig? Ich kenne viele Leute, die ihre Kinder zur Strafe unters Haus schicken.«

»Vielleicht hast du recht. Man hat mir nur gesagt,

daß sie fast den ganzen Tag unter dem Haus verbringt. Und das fast täglich.«

»Das stimmt nicht. Hör mal, Dindinho. Du findest doch auch, daß sie bestraft werden muß, wenn sie sich schlecht benimmt?«

»Ja, natürlich. Aber was tut sie eigentlich? Ich sehe nie, daß sie irgendwas falsch macht.«

»Sie macht nie etwas falsch, wenn du dabei bist. Nur wenn ich mit ihr alleine bin. Sie wird wirklich langsam ein richtiges Problem. Sie vergißt ihre Pflichten, und ich weiß, daß sie sie absichtlich vergißt. Sie zerbricht Geschirr. Sie kommt zu spät nach Hause, wenn sie mit ihren Freundinnen gespielt hat. Du willst doch nicht, daß sie später mal trinkt und mit den Jungen herumlungert, oder? Nein, das willst du ganz bestimmt nicht. Sie muß Verantwortung lernen, solange sie jung ist.«

»Du hast recht. Ich hätte nicht auf die anderen hören sollen.«

Das war am Abend zuvor gewesen.

Mariquinha war jetzt seit drei Stunden unter dem Haus. Sie hatte mittlerweile Übung darin, Vorübergehende an ihren Füßen zu erkennen. Da geht Dona Pipira, sagte sie zu sich, als ein Paar Füße eilig auf der Straße vor dem Haus vorbeilief. Ihre Zehen sind so gekrümmt, dachte sie. Das muß ... muß ... Zequinho sein! Und der hier ist bestimmt *seu* Aldyr. Seine alten Schuhe fallen fast auseinander. Er sollte barfuß gehen. Fatima! Sie kommt hier lang.

Ein freundliches Gesicht tauchte kurz von oben auf, und eine kleine Hand winkte ihr zu. Mariquinha winkte zurück.
Der Regen wurde stärker. Keiner kam mehr vorbei. Mein Sandhaus. Vielleicht läßt *Mamãe* mich hierbleiben, bis ich es fertig habe.
Sie wandte sich wieder dem fast fertigen Sandhaus zu, das sie begonnen hatte zu bauen, und drückte mit einem viereckigen Steinchen Fenster in das zerbrechliche Gebilde. Sie war stolz auf ihr Werk. Jetzt brauchte sie nur noch ein paar lange Grashalme, um ihm ein Dach zu geben.
Ich wünschte, Fatima wäre hier und könnte es sehen. Ich wünschte, ich hätte ein paar kleine Puppen, die in winzigen Stühlen vor der Haustür sitzen könnten.
Leise begann sie zu singen. Ein Lied, das sie bei ihrer Tante Marília im Radio gehört hatte.
Zulmira ging durch das Zimmer. Ihre Gedanken waren voller Zorn. Zorn auf Dindinho, weil er sie wegen Mariquinha gefragt hatte. Zorn auf sich selbst, weil sie ihn anlügen mußte. Und diese neugierigen Nachbarn und Verwandten: wie dumm waren sie doch. Sie sollten nur warten, bis ihre Kinder erwachsen waren und Diebe und Lügner und noch Schlimmeres wurden. Sie sollten nur warten . . .
Was ist das für ein Geräusch?
Das ist Mariquinha. Ob ihr was passiert ist? Mein

Gott. Außer sich preßte sie ein Ohr auf den Boden und hörte ganz schwach das fröhliche Lied von unten.
»Dieses Kind!« sagte sie laut. »Immer dasselbe. Immer dasselbe. Kein Wunder, daß sie alles vergißt. Sie findet es schön da unten. Dieser unechte, traurige Gesichtsausdruck, wenn sie hochkommt. Alles Täuschung!«
»Mariquinha«, schrie sie und hämmerte mit ihren Fäusten auf den Fußboden. »Mariquinha!«
»Ja, *Mamãe*?«
»Komm sofort her!«
»Ja, *Mamãe*.«
Mariquinha stürzte unter dem Haus hervor und rannte die Treppe hoch. Vom Regen völlig durchweicht kam sie zu ihrer Mutter ins Zimmer. Sie wußte, daß Ärger auf sie wartete.
»Du . . .«, begann ihre Mutter. Aber ihre Wut war zu groß, um sie in Worte zu kleiden.
Zulmira ging auf und ab und zwang sich, ihre Tochter nicht zu schlagen. Eine große Angst hatte sich langsam in ihr festgesetzt. Ihr war eingefallen, wie Dindinhos Blick zufällig auf Mariquinhas Beine gefallen war, als sie nach dem Essen vom Tisch aufgestanden war. Ihr fiel ein, wie er ein zweites Mal hingeguckt hatte, als sie sich bückte, um etwas vom Fußboden aufzuheben. Er suchte nach Spuren von Schlägen. Was wäre, wenn er sie aufforderte, ihr Kleid auszuziehen? dachte sie. Wenn er mich

wirklich verdächtigte, würde er das ohne weiteres tun. Und natürlich würde Mariquinha ihm gehorchen. Die ganzen Narben auf ihrem Rücken. Warum ist sie auch dauernd so ungezogen? Warum kann sie nicht einfach an ihre Pflichten denken? Dieses elende Kind. Ich werde es ihr zeigen. Ich werde es allen zeigen.

»Mariquinha«, sagte sie leise und gehässig, »geh in den Schrank und mach die Tür hinter dir zu. Du bleibst dort, bis ich dir sage, daß du wieder herauskommen kannst. Du wirst dich nicht mehr unter dem Haus vergnügen.«

»*Mamãe*, was habe ich denn getan?«

»Halt den Mund«, schrie sie. »Geh jetzt hinein.«

Schweigend ging Mariquinha zum Schrank und öffnete eine der beiden Türen.

»Nein. Nicht auf die Seite deines Vaters. Geh in meine Seite. Und faß meine Kleider nicht an. Leg meine Schuhe auf das obere Bord.«

Mariquinha gehorchte und schloß langsam die Tür. Eine Tür in die Dunkelheit. Es sollte ihr Gefängnis werden, ein stickiges, einsames Gefängnis für lange Stunden nach der Schule, an den Wochenenden und den langen, entsetzlichen Tagen der Schulferien; immer, wenn ihr Vater nicht da war. Es war zwei Jahre lang ihr Gefängnis.

Von diesem Tag an veränderte sich etwas für Mariquinha und ihre Mutter. Mariquinha bekam keine Schläge mehr, ihr Rücken begann zu heilen, und die Narben verblaßten. Es gab keinen Spielplatz unter dem Haus mehr, wo ihre Tiere und ihre Freunde, Bom Jesus und Fatima, sie besuchen kommen konnten. Es gab nur noch den unerträglich heißen Schrank. Für Zulmira war die Veränderung befriedigend. Die Ächtung ihrer Nachbarn schwand rasch dahin. Sie legte alte Streitigkeiten erfolgreich bei und entwickelte eine neue Freundlichkeit und Heiterkeit gegenüber jedem. Sie schrie Dindinho und Mariquinha nicht mehr an. Sie war keine Ausgestoßene mehr. Mariquinha wurde nicht mehr unter dem Haus gesehen. Und man verdächtigte Zulmira auch nicht mehr, sie zu schlagen. Daß das kleine Mädchen im Durchschnitt ein Viertel des Tages im Kleiderschrank verbrachte, war ein Geheimnis, das nur Mutter und Tochter kannten.

Mariquinhas Tag begann mit leichten Pflichten. Danach ging sie zur Schule und lernte lesen und schreiben. Wenn die Schule aus war, ging sie mit ihren Freundinnen nach Hause. Das war die schönste Zeit des Tages, mit den Freundinnen nach Hause zu gehen. Sie lachten miteinander, tauschten Geständnisse aus und bemitleideten einander. Doch wenn mit jedem Schritt ihr Zuhause sich drohender vor ihr auftürmte, ließ ihre Fröhlichkeit nach. Dann kam ein anderer Teil des Tages näher: die Welt des Schranks. Er war nicht mehr Bestrafung für begangene Missetaten. Er war Bestrafung für alle zukünftigen Missetaten. Er war Bestrafung für das Böse in

ihrer Seele, das erstickt werden mußte, bevor es unkontrollierbar wurde. Wenn sie ins Haus kam, sagte ihre Mutter kein Wort. Sie wies nur schweigend mit dem Finger auf den Schrank.
Der letzte Teil des Tages kam, wenn ihr Vater am Ende des Weges auftauchte. Dann wurde, wieder ohne ein Wort, die Schranktür geöffnet. Automatisch ging sie mit zitternden Knien in ihr Zimmer, zog ihr verschwitztes Kleid aus, trocknete sich ab, zog ein anderes Kleid über, dann lief sie wieder in das Zimmer ihrer Mutter und wischte die Feuchtigkeit weg, die sich am Boden ihres Gefängnisses angesammelt hatte.
Wenn ihr Vater zur Tür hereinkam, begrüßte sie ihn mit einem zärtlichen Lächeln, aber sie umarmte ihn nie, weil er, wenn er sie berührte, vielleicht merken würde, daß irgend etwas nicht in Ordnung war.
Sie hielt ihre Einkerkerung verzweifelt geheim vor ihren Freundinnen und ihrem Vater. Einmal hätte sie es beinahe Fatima erzählt, wurde aber abgelenkt von ein paar lästigen Hunden, die Nachlaufen spielten, und von einer anderen Freundin, die auf sie zukam. Und einmal hätte sie es beinahe ihrem Vater gesagt, aber eine innere Stimme hielt sie davon ab, sich gegen ihre Mutter zu wenden.
Sie bewahrte ihr Geheimnis, nicht aus Angst vor dem, was ihre Mutter ihr aus Vergeltung antun würde, sondern wegen ihrer unzerstörbaren Loya-

lität. Ihre Mutter liebte sie, oder nicht? Vielleicht verdiente sie die Bestrafung wirklich. Oder vielleicht war etwas mit ihrer Mutter nicht in Ordnung. Manchmal durchzuckte sie der Gedanke, daß sie den Schrank nicht aushalten würde. Manchmal hatte sie das Gefühl, sie würde dort sterben und sie müßte fliehen. Aber keiner dieser Gedanken wurde in Worten ausgedrückt. Sie waren flüchtig: sie kamen und gingen, schossen von dunklen Ekken in dunkle Höhlen.

Kurz vor ihrem zehnten Geburtstag wurde sie launisch. An einem Tag war sie fröhlich, traurig am nächsten. Dindinho begann sich Sorgen zu machen, daß seine Tochter seine tiefe Melancholie geerbt haben könnte. Weder Mariquinha noch sonst jemand hatte je etwas von seinem Problem erfahren. Und doch tat sie dieselben Dinge wie er. Sie saß stundenlang da und starrte aus dem Fenster, verträumte den Tag und nahm die Umwelt nicht wahr. Sie saß in ihrem Zimmer und starrte die Wände an, erfüllt von plötzlichem Jammer über unbekannte Dinge, Dinge, von denen sie nichts wußte und denen sie keinen Namen geben konnte, Jammer, der geheime Tränen mit sich brachte. Wenn sie jedoch jemand darauf ansprach, lernte sie schnell, sich so zu verhalten wie ihr Vater. Sie lächelte und kehrte in die Realität zurück. Wenn sie aber wieder allein war, kamen Jammer und Leid mit neuer Intensität wieder zurück.

Zwei Dinge beschäftigten sie während ihrer Gefangenschaft. Da waren einmal die Stimmen. Die Stimme ihrer Mutter im ungezwungenen Gespräch mit Besuchern, die von ihrer stillen Gegenwart nichts ahnten. Gespräche über neue Kleider, die Ernte, Kochrezepte und alltägliche Themen. Und dann gab es ihre Phantasien und Tagträume. Tagträume, die mit jeder dunklen Stunde des Eingesperrtseins immer realer wurden.
Ihre Tagträume vermischten sich mit dem leuchtenden Lichtstrahl, der durch das Schlüsselloch drang. Er wurde mit der Zeit zum Mittelpunkt all ihrer Träumereien, bis er schließlich Freund und Trost in einem war. Jeden Tag kam sie in ihre neue Welt. Jeder Tag war genauso wie der vorherige. Wenn sich die Tür hinter ihr schloß, wurde die Hitze so groß, daß der Schweiß erst Tropfen, dann kleine Bäche bildete: Bäche, die wie juckende, krabbelnde Käfer über ihren Körper krochen. Sie hatte sechs Gefährten. Ihre Namen waren Hitze, Schweiß, Krämpfe, Dunkelheit, Durst und der Lichtstrahl. Die ersten fünf waren grausame Folterknechte. Der Lichtstrahl war freundlich und wohltuend. Zuerst war er ihre Verbindung zur Außenwelt. Und schließlich wurde er ihre einzige Welt – die Sonne. Diesem goldenen Selbst gab sie ihr goldenes Selbst, ihre Gedanken, ihre Hoffnungen, ihre Lieder, ihre Gedichte und ihre Liebe. Es nahm alle diese Dinge in seine mächtigen Hände, löste die Verzweiflung

heraus und warf sie seinen strahlenden Hunden vor. Es nahm ihre Hand in seine und führte sie weit weg, aus einem Land voller Verletzungen in ein Land der Stille und Süße.
In der Schule. Unterricht.
In der Schule dachte sie an die Sonne. Als die Lehrerin den Schülern etwas über die alten Könige Brasiliens erzählte, übersetzte sie das, was sie hörte, in eine kaiserliche Sonne mit all dem prachtvollen Staat eines Reiches aus einer anderen Zeit. Aus Dom Pedro II wurde *Dom Sol do Ceu*, der Herr über die Sonne des Himmels. Hatte es dort Prinzen und Prinzessinnen gegeben? Ja, natürlich. Und jeder hatte ein wunderschönes Schloß. Und wenn es Prinzen und Prinzessinnen gegeben hatte, mußte es auch eine Königin gegeben haben.
»Mariquinha!« sagte ihre Lehrerin (die auch ihre Tante Gloria war). »Paß auf. Hör auf, aus dem Fenster zu gucken.«
Messe. Vater O'Malley.
Würde Vater O'Malley die Sonne auch einmal im Monat besuchen, so wie er uns besucht? Würde es dort eine kleine Kapelle so wie unsere geben? Nein, bestimmt nicht. Es würde eine Kathedrale geben. Sie wäre voller Menschen.
»Mariquinha!« flüsterte ihre Mutter. »Mach das Kreuzzeichen. Paß auf.«
Der Marktplatz in Cruzeiro do Sul mit ihrem Vater.
»*Papai*, was ist das für ein Fisch?«

»Das hier ist ein *tambaquí*. Er ist ganz schön groß. Das da ist ein *jaraquí*. Und da sind *mandins*. Du kennst doch *mandins*. Wir essen sie oft genug.«
Ich werde Flüsse auf der Sonne haben, dachte sie. Sie werden so sein wie der Juruá, nur nicht so schaurig und dunkel. Man wird bis auf den Grund sehen können, und es wird nur schöne Fische geben, keine Piranhas, Zitteraale oder *candirús*. Ich werde in den Flüssen schwimmen können, und vielleicht habe ich auch einen Delphin, mit dem ich spielen kann. Wie soll ich ihn nennen?
»Mariquinha, geht es dir gut? Warum starrst du den *tambaquí* so an?«
»*Papai*, warum tut es weh, wenn man in die Sonne sieht?«
»In die Sonne? Na ja, weil sie so hell ist. Sieh besser nicht so lange hinein. Du könntest blind werden.«
Ihre Hängematte.
Nachts in ihrer Hängematte kam die Sonne auch in ihren Schlaf und rief sie. Allerdings hatte sie in ihren nächtlichen Träumen nur wenig Kontrolle über die Richtung, die ihre Gedanken nahmen. Sie erhob sich in die brennende und doch kühle Luft und betrachtete ihr Reich, das tief unter ihr lag. Sie tanzte auf Maskenbällen, schwamm mit ihrem Delphin in tiefen Flüssen, unterhielt sich mit gelehrten *mandins*. Fatima und Bom Jesus waren immer dabei. Auch ihre Mutter, ihr Vater und all ihre

Verwandten. Es war eine klare, helle Welt. Eine wirkliche Welt. Manchmal jedoch wandte sich einer ihrer Traumpartner mit schrecklicher Bosheit gegen sie. Es war immer der gleiche. Die Königin. Manchmal lächelte die Königin sie an, ein wunderschönes Lächeln voller Liebe. Wenn dies der Fall war, bewegte sich Mariquinhas schlummernder Körper. Ihr Herz schlug schnell. Leise Freudenseufzer kamen aus ihrer Hängematte, und Tränen benetzten ihre Wangen. Aber oft jagte die Königin sie mit ausgestreckten Armen und Klauenhänden aus ihren Schlössern. Mit Händen voller Bosheit und Haß. Dann erwachte sie mitten in der schwarzen Nacht und rollte sich voller Angst zusammen.

Ein Donnerstag kam. Dindinho war noch vor dem Morgengrauen mit einem Kanu voller Hühner und Schweine nach Cruzeiro auf den Markt gefahren. Er würde nicht vor dem späten Abend zurück sein. Morgen war Mariquinhas zehnter Geburtstag. Er hatte ihr schon immer ein Bett kaufen wollen, und Zulmira wollte Stoff haben, damit sie ihrer Tochter ein neues Kleid nähen konnte.

Schon früh an diesem Morgen schmerzte Zulmiras Kopf besonders heftig, wie so oft in der letzten Zeit. Mariquinha hatte sie nicht gehört, als sie sie vom anderen Zimmer aus rief.

»Mariquinha, bist du taub? Lungerst du schon wieder in deinem Zimmer herum? Ich habe dich dreimal gerufen!«

»Es tut mir leid, *Mamãe.* Ich habe dich nicht gehört.«

»Lauf zum Brunnen und hol mir etwas Wasser. Sofort.«

»Ja, *Mamãe.*«

Zehn Minuten später war Mariquinha mit dem Wasser zurück. Ohne ein weiteres Wort wies Zulmira auf den Kleiderschrank. Heute nur eine Stunde, dachte sie. Morgen hat sie Geburtstag.

Mariquinha ging in ihr Kabuff. Für sie war der Schrank mittlerweile zu einem Haus geworden. Die Kleider bildeten das Dach, es hatte vier Holzwände, einen harten Holzboden und ein Fenster, das Schlüsselloch, durch das sie in ein Land blickte, dem sie für immer fern war.

Sie saß da und starrte auf das Schlüsselloch. Wenn sie sich herunterbeugte, konnte sie dadurch in das Zimmer blicken. Aber nein. Es war gar kein Schlüsselloch. Es war ihr leuchtender Freund.

Das Schwitzen begann. Gleich darauf folgte der Durst. Und etwas später, aber ebenso gewiß, kam heftig und hämisch der Schmerz von den Krämpfen.

»Marília. Komm herein, *menina*«, sagte Zulmira. »Was führt dich hierher?«

»Ich muß zum *curandeiro* und Bandwurm-Medizin für Marco holen. Er verliert wieder an Gewicht. Willst du nicht mit mir kommen, wenn du nichts

anderes zu tun hast? Ich gehe so ungern allein durch den Wald. Es ist so sumpfig da.«
»Ja, ich komme gern mit. Möchtest du einen Kaffee trinken, bevor wir gehen?«
»Ja, danke.«
Ein Gedanke aus dem Schrank. Die Königin mag mich bestimmt lieber, wenn ich ihr ein Kleid nähe. Vielleicht kann *Mamãe* mir Nähen beibringen. Ob sie gern ein rosafarbenes Kleid hätte? Im Zimmer ertönte eine Frage. »Hast du schon von Sergio und Valentina gehört?«
»Nein. Was ist denn passiert?«
Die Stimmen dröhnten. Es klang wie das Geplapper von Papageien. Das Schlüsselloch wurde heller, und Mariquinhas Träume richteten sich auf ihre goldenen Schlösser. Sie dachte an goldene Promenaden, Balustraden, Kolonnaden und an Bernsteingärten mit gelben und purpurroten Blumen, über denen grüne und blaue Kolibris hin- und herschwirrten und süßen Nektar suchten. Das Wasser war nicht golden. Aus Marmorbrunnen floß Silberwasser, wenn sie an ihnen vorbeiging, nur für den Fall, daß sie durstig war.
»Dein Kaffee schmeckt hervorragend. Du hast ihn bestimmt erst heute morgen geröstet.«
»Ja. Vor einer Stunde.«
Schritte entfernten sich. Es kam jemand zurück.
»Mariquinha, du kannst herauskommen. Wisch das Haus, dann kannst du mit deinen Freundinnen

spielen gehen. Ich gehe mit Tante Marília zum *curandeiro* und werde zum Mittagessen zurück sein. Sieh zu, daß du dann zu Hause bist.«

Mariquinha war in Gedanken verloren. Ein Garten für mich ganz alleine. Warum ist mir das nicht schon früher eingefallen? Meine eigenen Blumen. Welche will ich haben? Rosen! Wunderschöne rote Rosen. Ohne Dornen. Ich könnte mich zwischen sie legen und würde nicht gestochen. Und ich würde sie auch nicht zerdrücken.

Es war halb neun am Morgen.

Gegen Mittag erklangen wieder Schritte auf dem Dielenboden.

»Mariquinha! Mariquinha!«

Weitere Schritte. Ärgerliche.

»Wo ist dieses Mädchen? Das hat sie noch nie gemacht. Das macht sie extra. Den Besen hat sie nicht angerührt, und sie spielt immer noch draußen. Dieses nichtsnutzige, dumme Mädchen! Geburtstag hin oder her, dafür wird sie mir bezahlen.«

Wenn es eine Tür zum Zuschlagen gegeben hätte, hätte Zulmira sie zugeknallt, als sie das Haus verließ, um im Ort nach ihrer Tochter zu suchen.

Hitze. Unerträgliche Hitze. Durst. Unstillbarer Durst. Schweiß. Salziger Schweiß. Ein Baldachin aus Kleidersäumen, dunkle Wände und eine winzige Sonne.

Warum kann ich das Gesicht des Sonnenkönigs nicht sehen? Würde ich geblendet, wenn ich ihn

direkt ansehen würde? Hat er einen Bart? Er sieht bestimmt gut aus. Ich liebe sein langes weißes Gewand. Ich liebe ihn. Er liebt mich bestimmt auch. Ich wollte, ich könnte wirklich zu ihm gehen.
Zwei Uhr nachmittags.
»Ich habe überall gesucht, Dona Santa. Keins der Kinder hat sie gesehen. Ich mache mir langsam Sorgen.«
»Haben Sie alle Kinder gesprochen?«
»Nein, dazu sind es zu viele.«
»Dann ist sie wahrscheinlich mit einem Kind unterwegs, mit dem Sie nicht geredet haben. Kommen Sie herein und essen Sie ein bißchen Getreidepudding. Ich habe ihn gerade vom Herd genommen.«
Irgendwo im Urwald baute eine Wespe ein Papierhaus. Irgendwo im Fluß spritzte ein Fisch. Irgendwo im blauen Himmel sang ein Vogel ein Lied für seinen Gefährten.
Mein Garten ist so schön. Ich bin so gerne hier. O nein, ein Käfer hat diese Rose angefressen. Und da, die auch. Ich muß Bom Jesus auf ihn hetzen. Wo ist der Kater? Ach, das habe ich vergessen. Er und Fatima halten im Palast ein Mittagsschläfchen. Ich kann sie jetzt nicht stören. Ich glaube, ich schlafe auch ein bißchen.
Diese Regenbogen sind wirklich bezaubernd. Ich bin überhaupt nicht schläfrig. Ich werde auf einen hinaufklettern, bevor ich schlafen gehe.
Halb fünf nachmittags.

»Ich hätte nicht so lange bleiben sollen, Dona Santa. Aber es ist immer so nett, hier zu sitzen, mit Ihnen zu plaudern und für eine Weile alle Pflichten zu vergessen.«

»Zulmira, wenn Sie Mariquinha nicht finden, sagen Sie mir Bescheid, und ich helfe Ihnen bei der Suche. Aber sie wird bestimmt zu Hause sein, wenn sie kommen.«

Zulmira fand das Schulhaus völlig verlassen vor. Sie fragte Moacyr Velho, dann ging sie zum Steilufer vor der *botequim* und blickte über den Fluß.

Danke, Bom Jesus. Du bist der beste Kater auf der ganzen Welt. Diese Käfer werden nicht mehr zurückkommen. Guten Morgen, Dom Sol.

Guten Morgen, Mariquinha. Du hast einen wunderschönen Garten. Hast du diese Rosen ganz allein gepflanzt?

Die meisten. Fatima und Bom Jesus haben mir geholfen.

Du bist so ein intelligentes Mädchen, Mariquinha. Würdest du auch für mich einen Garten anlegen?

Ja, natürlich. Und Bom Jesus jagt für mich die Käfer weg.

Dom Sol, warum kann ich dein Gesicht nicht sehen?

Wenn du mein Gesicht sähst, würden dir ganz schrecklich die Augen weh tun. Das kann ich nicht zulassen. Ich liebe dich nämlich, weißt du.

Ja, ich weiß. Ich liebe dich auch. Dom Sol? Wirst du immer scheinen, damit alles auf der Erde lebendig bleibt? Du wirst uns nicht verlassen, nicht wahr?

Halb sechs nachmittags.

»Wo kann sie bloß sein, Dona Santa? Sie kann doch unmöglich allein den Fluß hinuntergelaufen sein? O Gott! Vielleicht ist sie hineingefallen und ertrunken!«

»Wir finden sie schon. Es wird ihr schon nichts passiert sein. Warum suchen Sie nicht noch einmal im Schulhaus? Ich sehe nach, ob sie vielleicht zu dem alten Sebastião gegangen ist.«

Wolken zogen langsam über den Nachmittagshimmel, verdunkelten die untergehende Sonne und gaben sie wieder frei. Die geschäftigen Sterblichen merkten es kaum, als die Erde heller wurde, dann dunkler und dann wieder heller. Was konnte das schließlich schon für eine Bedeutung haben?

Die Sonne in Mariquinhas Schlüsselloch flackerte. Dunkel, dann hell.

Dom Sol! Was ist los! Bitte, geh nicht weg!

Ich fühle mich so schwach, Mariquinha. Vielleicht habe ich zuviel gearbeitet. Ich muß jetzt gehen.

Nein, bleib bitte.

Bis bald.

Kommst du zurück, Dom Sol? Kommst du zurück? Wo bist du? Es wird so dunkel!

Fast Dämmerung.

Jemand weint.
»Mariquinha, bist du das?«
Zulmira stürzte in ihr Zimmer und öffnete die Schranktür.
»O *filhinha*. Was habe ich getan? Hast du mich nicht gehört, als ich dir sagte, du könntest herauskommen? *Queridinha*. Ich werde dich nie wieder bestrafen.«
»*Mamãe*, ich kann meine Beine nicht bewegen. Warum ist es im Zimmer so dunkel?«
Zulmira nahm den durchnäßten und verkrampften Körper ihrer Tochter auf den Arm und legte ihn auf das Bett.
»*Filhinha, filhinha*. Mariquinha. Es tut mir so leid. Warte hier. Ich hole dir schnell Wasser.«
Zulmira eilte aus dem Zimmer und kam mit einem großen Glas Wasser zurück, das Mariquinha gierig herunterstürzte.
Mariquinha setzte sich auf und starrte durch das Fenster. Mit Panik in der Stimme fragte sie ihre Mutter: »Wo ist die Sonne? Er ist weggegangen. Wir werden alle sterben, und ich werde ihn nie wiedersehen.«
»Du redest im Fieber, *minha filha*. Es ist schon kurz vor Sonnenuntergang. Leg dich hin, ich hole noch etwas Wasser.«
»*Mamãe*, ich muß ihn zurückholen!«
Mit diesen Worten rannte das ängstliche Kind an seiner Mutter vorbei, die es nicht mehr packen

konnte. Bevor Zulmira reagieren konnte, war Mariquinha aus der Tür und lief auf die untergehende Sonne zu.

Der ungekannte, unbegreifliche Jammer, der begonnen hatte, Mariquinhas Leben zu beherrschen, überwältigte sie, als sie aus dem Haus durch die Kornfelder, vorbei an dem sumpfigen See am Ende des Feldes rannte.

Zulmira lief hinter ihrer Tochter her, war jedoch kaum in der Lage, in Sichtweite hinter ihr zu bleiben. Sie rief und rief und rief immer wieder. Aber Mariquinha war vollkommen kopflos.

»Mariquinha! Wo läufst du hin? Mariquinha! Bleib stehen!«

Beide liefen nacheinander an Paulos und Noemis Haus vorbei.

»Paulo«, rief seine Frau aus der Küche, »hast du das gesehen?«

»Was gesehen?«

»Zulmira läuft hinter Mariquinha in Richtung Urwald, und sie schreit dauernd, sie solle stehenbleiben.«

Paulo ging zu Noemi und sagte: »Seltsam. Ich frage mich, was da los ist.«

»Es ist fast dunkel, Paulo. Lauf ihnen nach. Sie verirren sich sonst noch.«

»War Dindinho bei ihnen?«

»Nein, ich glaube, er ist nach Cruzeiro gefahren.«

»Ich hole meine Taschenlampe.«

Innerhalb von Sekunden lief Paulo hinter den beiden her. Zulmira und Mariquinha waren mittlerweile schon nicht mehr zu sehen, aber die Geräusche, die sie machten, während sie durch das Unterholz liefen, reichten ihm aus, um sie zu verfolgen.

Zulmira sah nur einen weißen Flecken vor sich. Sie waren jetzt auf einem selten benutzten Dschungelpfad, der schwierig zu begehen war. Über dem Wald sah man die Sonne immer noch am Horizont, aber hier unter den Bäumen vermischten sich die Schatten schon mit der einbrechenden Nacht. Äste behinderten sie, und Tiere huschten davon.

Mariquinha floh nicht einfach ziellos. Sie hatte ein Ziel, denn sie wollte zum *Colina das Bruxas*, dem Hexenhügel, laufen. Die dem Ort zugewandte Seite des Hügels stieg sanft an. Die andere Seite fiel steil in ein enges Tal ab. Von seinem Gipfel aus blickte man auf die pfadlosen Urwälder im Westen. Er wurde Hexenhügel genannt, weil außer einer dünnen Decke von grünem Gras überhaupt nichts auf ihm wuchs, eine unerklärliche Tatsache, da der Dschungel ansonsten jeden Landstrich überwucherte, der nicht ständig beackert oder abgeweidet wurde. Vielleicht, so sagten manche, war dies ein Lieblingsplatz der Teufelsbrut.

Mariquinha rannte auf den Gipfel des Hügels und erblickte eine Hälfte der Sonne. Die andere Hälfte war schon hinter den Bäumen verschwunden. Im gleichen Moment erreichte Zulmira den Fuß des Hügels. Nur eine Schrittlänge hinter ihr kam Paulo, der sie, da er schneller laufen konnte, eingeholt hatte.

Etwas, etwas, das niemand jemals begreifen konnte, hielt die beiden Erwachsenen zurück. Wahrscheinlich war es die unglaubliche und unirdische Fremdheit dessen, was sie erblickten. Der ganze Hügel erstrahlte im letzten prächtigen roten Feuer der untergehenden Sonne. Jedes Blatt, jeder Grashalm glitzerte und schien in seinem Glanz lebendig zu sein. Vor Mariquinha saßen auf einem toten Ast zwei seidig glänzende Ameisenfresser, die sich langsam in ihre Richtung verbeugten. Dies tun die kleinen Geschöpfe aus Gründen, die nur sie kennen, oft. Aber jetzt sah es so aus, als sei Mariquinha ihre Prinzesssin und sie erwiesen ihr Ehre.

Mariquinha, deren Körper in den himmlischen Flammen leuchtete und schimmerte, hob ihre Arme hoch über den Kopf und sang – sang mit einer Stimme, die in ihrer lieblichen Klage nur aus den seidenen Fäden verlorener Seelen gewoben sein konnte, gelehrt von Märchenprinzen und -prinzessinnen in den wunderschönen goldenen Schlössern der sterbenden Sonne. Nur eine Tochter der Sonne konnte die Erde mit einem so wunderschönen Lied, das jeden, der es hörte, mit derselben Trauer und Sehnsucht erfüllte, so bezaubern.

O, was für ein Lied sie sang! Die genauen Worte

sind in Vergessenheit geraten, aber die wundervolle Melodie von Mariquinhas Lied lebt heute noch in der Erinnerung der Leute von Guajará. Immer wenn Dindinho nicht da ist, findet irgend jemand irgendwo seine eigenen Worte dazu. Das kann eine Frau sein, die auf dem Feld arbeitet, oder eine, die Wäsche im Bad wäscht, oder vielleicht auch ein Schulmädchen, das leise für sich allein singt, während es seine morgendlichen oder abendlichen Pflichten erledigt. Es ist ein Lied für eine Frau. Kein Mann könnte es jemals so schön singen. Aber auch die Männer erinnern sich daran. Es klingt immer in ihren Gedanken nach, wenn die Sonne auf- oder untergeht oder ihnen den Rücken wärmt.

Sie sang für ihren Vater, Dom Sol, ein Loblied, ein Klagelied, ein Lied, in dem sie um ihn weinte und ihn bat, sie nicht zu verlassen, sie mitzunehmen, eins mit ihr zu werden. Sie sang von seinem blauen Himmel, von seinem grünen Gras, von seinen warmen Geschöpfen auf der ganzen Welt. Sie sang von seinen Bäumen, die wachsen, von seinen Blumen, die blühen, von seinen Geschöpfen, die auf der weiten Welt tanzen. Sie sang von seinem fallenden Regen, von seinen umherschweifenden Wolken, von seinen singenden Geschöpfen in der weiten Welt. O, gesegnet seist du, Vater Sonne, sang sie. Verlaß nicht deine aller Hoffnungen beraubte Tochter.

Und dann hörte Mariquinhas wundervoller Gesang auf. Als ob sie Lebewohl sagen wollte, sandte ihr die Sonne noch einen einzelnen hellen Strahl, dann verschwand sie hinter dem Urwald und ließ die Welt mit der Nacht und dem Abendstern zurück.
Mariquinha sank zu Boden, gebrochen, betrogen, und schluchzte herzzerbrechend. Sie wußte nun, daß irdische Liebe endet und sie ihren Platz bei der Sonne für immer verloren hatte.

In dieser schicksalshaften Nacht – die Nacht, in der Mariquinhas Gefangenschaft im Inferno des Kleiderschranks endete – wurden alle Häuser, alle Pfade, die begangen wurden, alle Boote, die vor Anker lagen, still. Gespräche brachen ab, Streitigkeiten wurden vergessen. Von denen, die Mariquinha singen hörten, blieben nur die Säuglinge ungerührt. Die, die gestillt wurden, tranken weiter.
Als Paulo, Zulmira und Mariquinha aus dem Dschungel zurückkamen, versammelten sich die Leute aus dem Ort, die nahe am Wald wohnten, um sie. Sie kamen aus Neugier, aber auch, um zu helfen, falls Hilfe gebraucht wurde. Mariquinha war Dindinhos und Zulmiras Kind, aber alle Kinder gehörten allen und jeder paßte auf sie auf.
Aus Mariquinhas Haus kamen Dona Santa, Dindinho, der gerade erst eine halbe Stunde vorher mit dem neuen Bett seiner Tochter aus Cruzeiro do Sul

zurückgekehrt war, und Noemi gelaufen, die ihnen eilig mitgeteilt hatte, was geschehen war.

Daß etwas Bedeutsames geschehen war, war offensichtlich. Paulo trug eine weinende, schmerzerfüllte Mariquinha in seinen Armen. Dicht dahinter folgte Zulmira. Sie hielt sich mit einer Hand an seinem Hemd fest und leuchtete mit der anderen zitterig den Weg mit der Taschenlampe aus. Auch sie weinte und kämpfte gegen ihre aufkommende Hysterie an.

Dindinho löste sich aus seiner Erstarrung, lief zu Paulo, nahm ihm vorsichtig Mariquinha aus den Armen und trug sie ins Haus. Dona Santa und Noemi versuchten, Zulmira zu beruhigen, die zu jammern und nach ihrer Tochter zu rufen begann. Es dauerte eine ganze Weile, bis sich die Aufregung gelegt hatte.

Schließlich war alles wieder ruhig. Fünf der sechs Erwachsenen saßen um eine schwach leuchtende Kerze in Zulmiras Küche. Zulmira und Mariquinha schliefen fest. Der *curandeiro* hatte ihnen ein Beruhigungsmittel gegeben, das er rasch aus Wurzeln und Kräutern gebraut hatte. Die fünf waren *seu* Aldyr, der Polizist; *seu* Jader, der zeitweilige Präfekt; *seu* Estevão, der *curandeiro*; Dindinho und Dona Santa. Es mußten Antworten gefunden und das zukünftige Vorgehen mußte festgelegt werden.

Als erster sprach der Präfekt. Im flackernden Kerzenlicht wirkten seine Gesichtszüge schärfer als sonst. Wie immer sah er untadelig aus. Sein glänzendes schwarzes Haar war sorgfältig gekämmt, seine Kleidung frisch gewaschen und gebügelt, und seine braunen Schuhe, mit denen er leider in einen Kuhfladen getreten war, als er die Präfektur verlassen hatte, waren auf Hochglanz poliert.

»Ich bin erst seit ein paar Monaten wieder zurück, und ich kenne die einzelnen von euch nicht gut genug, um beurteilen zu können, was hier geschehen ist. Ich habe dieses Kind nur im Vorbeigehen gesehen, aber wenn ich auch die wahre Situation nicht kenne, so glaube ich doch langsam, daß das Ganze zu sehr hochgespielt wird. Schließlich laufen Mütter manchmal hinter ihren Kindern her, und Kinder laufen auch manchmal vor ihren Müttern weg. Ich muß allerdings zugeben, daß ich noch nie eine so süße Stimme wie die dieses Mädchens gehört habe.« Er schmunzelte beschämt. »Ich habe einen Moment lang geglaubt, ich hörte einen Engel. Singt sie immer so wunderschön?« wandte er sich an die übrigen.

»*Não, Senhor*«, erwiderte Dona Santa. »Ich habe sie noch nie singen hören.«

»Manchmal singt sie für sich alleine«, sagte Dindinho. »Aber sie war immer viel zu schüchtern, um laut zu singen. Sie wollte nicht, daß die anderen sie hören.«

»Habt ihr die Worte gehört?« sinnierte *seu* Aldyr. »Das waren die Worte einer Hexe. Das waren . . .«

Der Polizist konnte seinen Satz nicht zu Ende bringen. Dinginho hatte ihn am Kragen gepackt und schüttelte ihn heftig.
»Paß auf, Aldyr! Meine Tochter ist keine Hexe! Ich verbiete dir, so etwas zu sagen!«
»Bitte, Dindinho«, stotterte *seu* Aldyr, der normalerweise außer sich geraten wäre, wenn er so angegriffen worden wäre, »du bist durcheinander. Ich habe damit nicht gemeint, daß Mariquinha eine Hexe ist. Du weißt, daß ich sie fast genauso liebe wie du.«
»Ja, ich weiß«, sagte Dindinho. »Es tut mir leid. Ich hätte das nicht tun sollen.«
»Eigentlich wollte ich damit sagen«, fuhr *seu* Aldyr nach einem betretenen Schweigen fort, »daß sie vielleicht von jemandem dazu überredet worden ist, in den Dschungel zu laufen und dieses Lied zu singen. Es weiß ja niemand, wo sie den ganzen Tag war. Dona Santa und Zulmira haben sie überall gesucht.«
»Hört mal«, unterbrach ihn *seu* Jader, »ich möchte nicht, daß hier jemand von Hexerei oder«, dabei schaute er den *curandeiro* vielsagend an, »von Besessenheit spricht.«
Und direkt an den alten Mann gewandt sagte er: »Ich kenne die Geschichte mit Margarida, *seu* Estevão. Ich habe nichts dagegen unternommen, weil Adão, der Mann, der mich während meiner Abwesenheit vertreten hat, mich darum gebeten hat.

Aber ich werde in meiner Präfektur keine weitere Séance und keinen weiteren Exorzismus mehr dulden. Ich will mit Aberglauben nichts zu tun haben. Allerdings«, schwächte er seine Kritik ab, »muß ich zugeben, daß Sie mit Ihrer selbstgemachten Medizin gute Arbeit geleistet haben. Das Ergebnis habe ich heute abend gesehen. Vielleicht lasse ich Sie also weitermachen, bis wir einen Arzt finden, der hierherzieht. Aber wie ich eben schon gesagt habe, keine Hexerei mehr und solche Sachen.«

Von diesem Angriff überwältigt, fand der *curandeiro* zunächst keine Worte der Erwiderung. Dann antwortete er mit vor Emotion bebender Stimme: »Mariquinha ist nicht besessen. Ich glaube, ich weiß, was ihr fehlt, aber bevor ich meine Meinung sage, möchte ich erst ein paar Fragen stellen.«

Nach kurzem Schweigen fuhr er fort: »Es stimmt, Euer Ehren, daß Töchter schon öfter vor ihren Müttern davongelaufen sind. Aber ich kenne Mariquinha. Sie würde Zulmira nie weglaufen. Sie ist auf etwas zugelaufen, nicht vor etwas weggelaufen. Auch ich habe geglaubt, einen Engel zu hören. Vielleicht war sie in gewissem Sinn ja auch ein Engel. Ihre Stimme klang wie aus einer anderen Welt. Bitte, bevor Sie mich unterbrechen, ich habe das nicht abergläubisch gemeint.«

»Dona Santa«, sagte er, »ich habe kein Zeichen von Fieber feststellen können. Sie?«

»Nein, *seu* Estevão. Abgesehen davon, daß sie feucht

war, von Schweiß oder von Wasser, wirkte sie normal.«

»Es war Schweiß«, erklärte er. »Sie war fast ausgetrocknet. Ich habe ihr zwei volle Gläser mit Wasser gegeben, und sie hat sie beide ausgetrunken und wollte noch mehr.

Nun, meine nächste Frage. Hat Zulmira zu Ihnen gesagt, sie wüßte von nichts?«

»Ja, und ich glaube ihr. Sie sagte, als sie nach Hause kam, fand sie Mariquinha in ihrem Zimmer, und bevor sie sie fragen konnte, wo sie gewesen sei, rannte das arme Ding aus dem Haus und rief nach der Sonne. Das arme, arme Kind.«

»Beharrt Mariquinha immer noch darauf, daß die Sonne für immer weggegangen ist?«

»Ich glaube, ich konnte ihr verständlich machen, daß die Sonne nur untergegangen ist und morgen wiederkommt. Aber sie wollte aufbleiben und es mit eigenen Augen sehen. Allerdings ist sie dann von dieser Medizin, die Sie ihr gegeben haben, sofort eingeschlafen.«

»Haben Sie nachgesehen, ob sie verletzt ist?«

»Ja, ich konnte aber keine Anzeichen dafür finden. Und sie hat auch nichts von einer Verletzung erwähnt.«

»Wenn ich nur wüßte, wo sie den ganzen Tag gewesen ist«, sagte der *curandeiro*. »Hat sie Ihnen überhaupt nichts gesagt?«

»Sie hat gesagt, sie sei den ganzen Tag zu Hause

gewesen, aber wir wissen, daß das nicht stimmen kann. Zulmira ist vier- oder fünfmal nach Hause gegangen, um sie zu suchen.«

»Vielleicht werden wir es nie erfahren«, sagte er nachdenklich.

»Dindinho«, wandte er sich an den bekümmerten Vater, »hat sie sich in der letzten Zeit anders benommen?«

»Ja. Ich habe mir Gedanken gemacht. Sie kam mir deprimiert vor, und Zulmira hat mir erzählt, daß sie manchmal den ganzen Tag in ihrem Zimmer sitzt und ins Leere starrt.«

»Ja«, fügte Dona Santa hinzu, »Gloria hat gesagt, sie träumte während des Unterrichts. Und sie war immer eine so aufmerksame Schülerin.«

»Seltsam«, sagte der *curandeiro* mehr zu sich selbst, »ist dieses Lied. Die Melodie war von äußerster Schönheit, aber ich habe sie noch nie vorher gehört. Keiner hat sie gekannt. Hat sie sie selbst erfunden? Und die Worte. Sie paßten genau dazu. Kann ein zehnjähriges Kind solche seltsamen Worte einfach so erfinden? Mariquinha ist sehr intelligent. Aber trotzdem . . .«

Er fuhr fort: »Eins ist mir aufgefallen. Sie weicht uns aus. Zuerst hat sie mir gesagt, die Sonne sei weggegangen und habe sie alleingelassen; und dann, als sie sah, daß ich ihr nicht glaubte, hat sie versucht, das Thema zu wechseln. Ich hoffe sehr, daß sie nicht vor uns zu verbergen versucht, was sie wirklich bedrückt. Wenn sie das tut, können wir ihr nicht helfen.«

»Sie ist nicht verrückt, *seu* Estevão«, erklärte Dindinho mit hoffnungsloser Stimme.

»Nein. Das ist sie nicht. Aber . . .«

»Aber was?«

»Ich glaube, sie hatte einen Nervenzusammenbruch.«

»Das könnte stimmen, *seu* Estevão«, sagte der Präfekt. Langsam bekam er Respekt vor dem alten Mann. »Aber kann das auch schon bei so kleinen Kindern passieren? Sind Sie sicher?«

»Nein, nicht hundertprozentig. Aber morgen wird Vater O'Malley hiersein. Er kennt sich da aus. Wir werden ihn fragen. Er wird zwar mit den Beichten und der Vorbereitung für die Sonntagsmesse sehr beschäftigt sein, aber er wird ganz bestimmt noch Zeit finden, um nach ihr zu sehen. In der Zwischenzeit, Dindinho, paß gut auf sie auf. Sie müßte die ganze Nacht schlafen, aber achte trotzdem auf sie.«

»Warum bleiben Sie nicht einfach hier heute nacht, *seu* Estevão?« fragte Dindinho. »Würde es Ihnen etwas ausmachen? Ich baue Mariquinhas neues Bett auf, und Sie können darin schlafen.«

»Ja, in Ordnung. Ich habe einen langen Heimweg. Vielleicht kann ich in der Nacht helfen.«

Es war beschlossen. Sie würden Vater O'Malley um Rat fragen. Sie redeten noch ein wenig und tranken jeder eine Tasse heißen Kaffee, den Dona

Santa gekocht hatte, und dann trennte sich das besorgte Grüppchen für die Nacht.

Früh am nächsten Morgen kam Vater O'Malley zu Dindinhos Haus, aber Mariquinha schlief noch. Er bat Dindinho und den *curandeiro*, sie schlafen zu lassen, bis sie von allein aufwachte. Er würde inzwischen zur Kapelle gehen, und wenn er gebraucht würde, bevor er mit den Beichten fertig wäre, sollten sie sofort nach ihm schicken.
Wie gewöhnlich war der Präfekt der erste in der Schlange vor dem Beichtstuhl. Hinter ihm kamen die meisten Dorfbewohner. Nachdem sich der Priester mehrere Stunden lang manchmal geringfügige, manchmal ernsthafte Sünden angehört und Ratschläge gegeben hatte, wenn er das Gefühl hatte, es könnte angebracht sein, kam er zur letzten Person in der Schlange. Es war Zulmira.

Vater O'Malley bat sie, auf ihn zu warten. Er wollte mit ihr nach Hause gehen.
Bevor sie gingen, fragte er: »Weiß jemand außer Mariquinha und dir davon?«
»Nein, Vater.«
»Wird sie es jemandem erzählen?«
»Nein. Das tut sie bestimmt nicht.« Sie brach in Tränen aus und rief: »Ich bin ein richtiges Ungeheuer. Wie konnte ich ihr das nur antun? Jeder sollte erfahren, was ich getan habe.«

»Was du in der Beichte gesagt hast, ist ein heiliges Geheimnis. Ich darf es niemandem erzählen, und ich weiß auch nicht, ob ich dir raten soll, es jemandem zu erzählen. Wenn jemand außer uns dreien davon erfährt, das wäre ... das wäre eine Katastrophe.«

»Was soll ich nur tun, Vater?«

»Ich weiß nicht genau. Ich muß darüber nachdenken. Du solltest auf jeden Fall zu mir nach Cruzeiro kommen. Du kannst jederzeit zu mir kommen. Und du solltest auf jeden Fall wegen deiner Kopfschmerzen zum Arzt gehen.«

»Ich werde alles tun, was Sie sagen, Vater.«

»Dann wollen wir jetzt zu Mariquinha gehen.«

Im Haus war niemand außer Vater O'Malley und Mariquinha. Mariquinha saß in ihrer Hängematte, und Vater O'Malley saß ihr gegenüber, auf ihrem neuen Bett. Durch die offenen Fenster und Türen des Hauses wehte der kühle Wind, so daß Mariquinhas Zimmer eine angenehme Zuflucht vor der Nachmittagshitze bot. Die Geräusche von draußen drangen nur gedämpft herein. Wie aus weiter Ferne hörte man die unterschiedlichen Geräusche, die allen Siedlungen im Urwald eigen sind: Leute riefen sich etwas zu, Kinder schrien und lachten, die Tiere des Dorfes muhten, gackerten, grunzten, kreischten und bellten. Dona Pipiras Papagei sang ein trunkenes, unverständliches Lied.

Es war einer dieser unerklärlichen, verzauberten Augenblicke, die es gelegentlich zwischen zwei Menschen gibt, auch wenn sie einander fremd oder ungleich in Alter, Geschlecht oder Kultur sind. Der Priester in mittleren Jahren und das zehnjährige Mädchen saßen da und lauschten den geschäftigen Geräuschen von draußen, und jeder wußte, daß der andere zuhörte, obwohl kein Wort zwischen ihnen gefallen war.

Als auf der anderen Seite des Juruá das Geschrei von Affen aus dem Urwald ertönte, hörten beide in dem kleinen, luftigen Zimmer ihren Lärm, obwohl man ihn kaum ausmachen konnte. Vater O'Malley redete als erster. »Das klingt wie Klammeraffen. Kannst du sie unterscheiden?«

»Es hört sich mehr nach Totenkopfäffchen an. *Papai* könnte es genau sagen.«

Durch diese wenigen Sätze kamen Mariquinha und Vater O'Malley sich näher. Das war wichtig in der jetzigen Situation. Mariquinha hatte angefangen zu behaupten, sie könne sich an nichts mehr erinnern. Aber sie konnte nicht besonders gut lügen. Eigentlich hatte sie bisher sogar noch nie gelogen. So war es allen, die sie gut kannten, klar, daß sie ihnen nur auswich.

Es gab sieben Autoritätspersonen in Guajará, die sich ihrer immer annehmen würden. Sie würden immer für sie dasein, wenn sie ein Problem hatte, ganz gleich wie unwichtig oder kindisch es sein mochte. Da waren ihre Eltern, der Präfekt, der *curandeiro*, der Polizist, Dona Santa (die irgendwie die Matriarchin des Ortes geworden war, obwohl sie keineswegs die älteste Frau im Ort war), und da war Vater O'Malley. Aber jetzt konnte ihr Geständnis unbekanntes Unheil in ihr junges Leben bringen. Eine schreckliche, erwachsene Entscheidung lastete auf ihr. Sie empfand sie genauso deutlich wie die Kleider, die sie trug, die Hängematte, in der sie saß, und die kühle Brise, die mit ihrem weichen Haar spielte.

Eine Zeitlang mied Vater O'Malley das eigentliche Thema ihres Gesprächs. Um sie zu entspannen, erinnerte er sie an ihre Taufe und ihre erste heilige Kommunion. Er beantwortete ihre Frage nach der Gesundheit des alten Vater Vicente, und sie beantwortete seine Fragen nach Bom Jesus und Fatima.

Der hochgewachsene Priester redete mit ihr wie mit einer Erwachsenen. Er behandelte alle seine Pfarrkinder so, vom jüngsten bis zum ältesten. Das war kein einstudiertes Verhalten, und nur gelegentlich merkte er, daß er das machte.

Und dann fragte er plötzlich, jedoch behutsam: »Erinnerst du dich, welche Worte du gesungen hast?«

»Nein, Vater.«

»Aber du erinnerst dich, was passiert ist, oder?«

Als sie in seine freundlichen, grünen Augen blickte,

wußte sie, daß sie nicht lügen konnte. Es war unmöglich.
»Ja.«
»Ich wünschte, ich hätte dein Lied gehört. Jeder hat gesagt, es sei das Schönste gewesen, das er je im Leben gehört habe.«
»Wirklich? Das haben die Leute gesagt?«
»Ja. Hast du es dir ganz allein ausgedacht?«
»Ich glaube ja.«
»Hast du das gemacht, weil du dachtest, die Sonne lasse dich allein?«
»Ja«, antwortete sie nervös. »Aber jetzt ist er ja wieder da. Es war nur der Sonnenuntergang. Ich war dumm.«
»Er hat sich bei dir entschuldigt, nicht?«
Sie sah zu Boden und zögerte. Er merkte, daß Tränen in ihren Augen schimmerten und auf ihren Fuß fielen.
»Ja, Vater. Woher wissen Sie das?«
Bevor er antworten konnte, sah sie ihn so entsetzt und flehend an, daß er sie am liebsten in die Arme genommen hätte, um sie vor dem Schicksal, das er ihr auferlegen mußte, zu bewahren. Und dabei war es ein gütiges Schicksal.
»Was werden Sie mit mir machen?« fragte sie mit gepreßter, angsterfüllter Stimme.
»Mariquinha. *Queridinha*. Niemand wird etwas ›mit‹ dir machen. Wir alle möchten etwas ›für‹ dich machen. Hör mal, magst du Gedichte?«

»Gedichte?« fragte sie, überrascht über den plötzlichen Themenwechsel. »Ja. Ich liebe Gedichte. Tante Gloria trägt uns in der Schule jeden Tag ein Gedicht vor.«

»Ich kenne nur ein Gedicht«, fuhr er fort. »Ich weiß nicht mehr, wer es geschrieben hat. Ich habe es in der Schule gelernt. Warte mal. Es ist aus einem anderen Land, deshalb muß ich es erst einmal für mich übersetzen, bevor ich es dir aufsagen kann.«

Schweigend blickte er mit gerunzelten Augenbrauen auf die Wand, dann trug er sein Gedicht vor.

Sieh die Wunder der mächtigen Tiefen,
wo Krabben und Hummer lernen zu kriechen,
wo kleine Fische zu Schwärmen sich ballen,
und nur plumpe Fischer hineinfallen.

»Das ist ein albernes kleines Gedicht«, sagte er.

»O nein, das ist wunderschön«, widersprach sie fasziniert.

»Mariquinha, wir sind alle so ähnlich wie diese unbeholfenen Fischer. Jeder von uns. Manchmal fallen wir herein. Natürlich nicht ins Meer, aber wir geraten in Schwierigkeiten. Und wenn das passiert, ist es immer gut, jemanden zu haben, der eine helfende Hand ausstreckt.«

Aus Sorge, das könnte zu schwierig für sie gewesen sein, fragte er: »Verstehst du, was ich meine?«

»Ja, Vater. Sie möchten mir helfen.«

»Genau«, antwortete er lächelnd. »Das möchte ich aus ganzem Herzen. Deine *Mamãe* und dein *Papai*

wollten, daß ich dir helfe. Sie möchten, daß ich entscheide, was getan werden soll. Was aus dir werden soll. Und ich möchte dir helfen. Aber du kannst auch deine Meinung sagen. Du kannst mir bei der Entscheidung helfen.
Zunächst möchte ich, daß du mit mir nach Cruzeiro kommst. Kennst du ein paar Schwestern von der Klosterschule?«
»Ja, ich kenne Schwester Theresa.«
»Magst du sie?«
»Ja, Vater. Sie ist sehr nett.«
»Das ist prima. Ich möchte, daß du mit ihr redest. Ich glaube, sie möchte, daß du bei ihr bleibst und bei ihr in die Schule gehst. Natürlich kannst du in den Ferien nach Hause fahren, und deine Eltern können dich jederzeit besuchen kommen. Machst du das? Mit ihr reden, meine ich. Das mit der Schule kannst du später entscheiden.«
»Ja.«
»Na gut. Meinst du, deine Mutter hätte was dagegen, wenn ich uns einen Kaffee koche?«
»Nein, nein. Sie hat bestimmt nichts dagegen. Aber ich weiß, wie das geht. Lassen Sie mich das machen.«
Vater O'Malley ergriff ihre kleine Hand und half ihr aus der Hängematte.
»Mariquinha?«
»Ja, Vater?«
»Darf ich dich umarmen?«

»O ja«, sagte sie. Und als er sie in den Armen hielt, flossen die Tränen, die sie bisher zurückgehalten hatte, ungehemmt.

Früh am nächsten Montagmorgen, noch vor dem Morgengrauen, gingen vier Menschen zum Fluß hinunter zu einem Boot, das dort wartete. Der eine war Vater O'Malley, der seinen Koffer trug. Einer war Dindinho, der auch einen Koffer trug, Mariquinhas. Die dritte war Zulmira, und neben ihr, an ihrer Hand, ging ihre Tochter.
Als sie sich in das kleine Boot setzten, ging die Sonne auf und erwärmte alles. Gab allen das Leben. Die drei Erwachsenen sahen zu, wie sie aufging, bewunderten ihre strahlende Schönheit, und dann wandten sie sich befangen ab. Mariquinha schenkte ihr keinen Blick, obwohl sie sie mit ihrem schönsten Lächeln lockte.

EPILOG

Mariquinha konnte nicht ahnen, was das Schicksal für sie bereithielt, als sie an diesem Morgen Guajará verließ, um bei den Schwestern in Cruzeiro do Sul zu bleiben. Der Reichtum, den sie viele Jahre später erwarb, war unvorstellbar für jemanden, der vom südlichen Amazonas kam. Das Glück jedoch war aus ihrem Leben gewichen, und es kam nur noch einmal kurz zu ihr zurück bei der Geburt ihrer Tochter an einem fernen Ort namens Alfama. Wie schon ihrem Vater zuvor gelang es ihr meisterhaft, die Anfälle von Depression zu verbergen, die sie ihr ganzes Leben lang heimsuchen sollten.

Als Schwester Theresa das Gefühl hatte, Mariquinha sei wieder wohlauf, ließ sie sie in die Schule gehen. Obwohl sie immer ihre Zweifel darüber behielt, wie gut Mariquinha sich erholt hatte, sah sie doch, daß sie der Realität nicht vollständig entrückt war, und mit den Jahren stellte die Nonne auch fest, daß sie, ganz gleich welch inneren Aufruhr sie verbarg, doch in der Lage war, das Leben so gut wie jeder andere zu meistern.

Es war geplant, daß sie ein Jahr lang im Kloster bleiben sollte, aber Schwester Theresa beschwor Dindinho und Zulmira, ihre Tochter dort die Schule beenden zu lassen. Das kleine Mädchen war die beste Schülerin, die sie jemals gehabt hatte. Das Lernen fiel Mariquinha so leicht, daß sie bei weitem alle anderen Schülerinnen übertraf.

Als Mariquinhas Eltern zustimmten, begannen die Schwestern, einen speziellen Unterricht für sie vorzubereiten. Sie achteten zwar sorgfältig darauf, sie nicht zu überanstrengen, fanden aber doch immer wieder neue Dinge, die sie lernen konnte. Sie lehrten sie ihre eigene Sprache, Deutsch. Als sie diese geläufig beherrschte, brachten sie ihr Englisch und dann Französisch bei. Als sie mit achtzehn Jahren das Kloster verließ, konnte sie perfekt Schreibmaschine schreiben, hatte Buchhaltung und die höheren Formen von Mathematik gelernt. Auch der alte Vater Vicente hatte sich an der Ausbildung beteiligt. Er lehrte sie Biologie und fand sie in allem seinen früheren Studenten an der Universität in São Paulo, wo er gelehrt hatte, ebenbürtig.

Ihr Lieblingsfach jedoch, das für sie in ihrem späteren Leben wichtiger als alles wurde, war Musik. Sie lernte Klavier und Gitarre spielen, und vor allem lernte sie zu singen. Ihre liebliche Stimme brauchte nur wenig Ausbildung. Zuerst lernte sie Kirchenlieder, dann studierte sie brasilianische und portugiesische Volkslieder. Oft hörten die Schwestern und die anderen Schülerinnen wie bezaubert zu, wenn sie für sie sang. Manche weinten.
Nachdem sie die Schule verlassen und ein Jahr zu Hause verbracht hatte, kehrte sie eines Tages zum Kloster zurück und bat Schwester Theresa, sie jemandem in Rio de Janeiro oder São Paulo zu empfehlen. Obwohl sie zu Hause keine Probleme mehr hatte und ihrer Mutter wieder sehr nahegekommen war, hatte sie doch etwas über die Welt draußen erfahren und wollte nun mit eigenen Augen all die wunderbaren Orte sehen, über die sie gelesen hatte. Das Glück jedoch war von ihr gegangen. Vielleicht konnte sie es anderswo wiederfinden.
Schwester Theresa stand diesem Wunsch aufgeschlossen gegenüber. Eigentlich war sie sogar hocherfreut. Mariquinha war zu begabt, und sie hatte zu viele Fähigkeiten erworben, als daß sie für alle Zeiten mitten im Dschungel hätte leben können. Nach einem langen Gespräch mit Dindinho und Zulmira, die widerstrebend zugaben, daß Mariquinha unglücklich war, schrieb sie zwei Briefe. Einer war an ihre Freundinnen in einem Kloster in Rio de Ja-

neiro gerichtet. Sie bat sie um die besondere Gunst, Mariquinha zu gestatten, bei ihnen zu wohnen, bis sie eine andere geeignete Unterkunft gefunden hätte. Der andere Brief war an eine deutsch-brasilianische Import-Export-Firma gerichtet, der sie Mariquinha mit dem Hinweis auf ihre hervorragenden Schreibmaschinen- und Sprachkenntnisse empfahl. Drei Monate später kam Mariquinha in Rio de Janeiro an und begann ihr neues Leben.

Von diesem Zeitpunkt an wissen wir nur noch wenig über Mariquinhas Leben. Obwohl sie ihren Eltern, die sich von Fatima ihre Briefe vorlesen und beantworten ließen, und Schwester Theresa oft schrieb, handelten ihre Briefe nur von den neuen Orten, die sie gesehen hatte, von Alltäglichem und Erinnerungen, und nur selten von den wirklich wichtigen Dingen, außer einmal. Da kündigte sie ihre Hochzeit mit einem Kollegen aus der Import-Export-Firma an.

Ihre Briefe kamen immer seltener, hörten aber nie ganz auf. In einem dieser Briefe schrieb sie von einer neuen Arbeit, die sie und ihr Mann in São Paulo gefunden hatten. Ihr Vater war nun Witwer. Zulmira war gestorben und hatte ihn mit drei Kindern zurückgelassen, die ihre liebliche Schwester nie kennengelernt hatten. Er machte sich mit der Zeit Sorgen, daß es etwas gab, das Mariquinha ihm verschwieg. Gelegentlich hatte sie ihm große Geldsummen geschickt und ihm nie erklärt, woher das

Geld kam. Daraufhin bat er Fatima, an Adão, den früheren zeitweiligen Präfekten von Guajará, der in São Paulo lebte, zu schreiben, damit er der Sache nachgehen konnte.
Voller Bewunderung schrieb Adão zurück, daß er gerne mit ihr sprechen würde, daß das aber eigentlich nicht nötig wäre. Er wisse bereits alles über sie. Sie war eine der berühmtesten Volkssängerinnen geworden, die es in der brasilianischen Caféhausgesellschaft jemals gegeben hatte. Alle wollten sie sehen und hören. Er schrieb, daß sie, obwohl sie sehr zurückgezogen lebte, Öffentlichkeit, Feste und Parties mied und sich weigerte, Verträge zu unterschreiben, durch ihren neuen Beruf zu beachtlichem Reichtum gekommen sei.
Dindinho schickte sofort ein Telegramm an Adão, in dem er ihn bat, nicht mit ihr zu sprechen. Danach schrieb er ihm einen Brief, in dem er ausführlicher erklärte, daß er nun, wo er wisse, was seine Tochter tat, abwarten würde, bis sie es ihm selbst sagte. Aber Dindinho wußte ganz genau, daß Mariquinha ihm niemals schreiben und erklären würde, daß sie Sängerin geworden war. Sie wußte, daß die einzigen Nachtclubs, von denen ihr Vater je gehört hatte, solche waren, in denen es nicht gerade dezent zuging. Dindinho war ein kluger Mann. Er akzeptierte die Bewunderung, mit der Adão von Mariquinha gesprochen hatte, und im Innersten war er stolz auf sie.

Vier Jahre, nachdem Mariquinha und ihr Mann nach São Paulo gezogen waren, gingen sie nach Portugal, wo sie für den Rest ihres Lebens blieben. Zwei Jahre lang sang Mariquinha in den Cafés in Lissabon. Sie hatte dort mehr Erfolg als die Lieblinge der Portugiesen, die *fadistas*, die ihre melancholischen Fadogesänge für Millionen ihrer Anhänger sangen. Sie wurde von allen angebetet und mit Bitten um Auftritte, mit Geschenken und Liebe überschüttet. Nachdem ihre Tochter zur Welt gekommen war, verließ sie die Cafés, und man hörte sie nie wieder singen.
Die Leute von Guajará erfuhren nur wenig mehr über ihre Tochter der Sonne. Von Zeit zu Zeit schickte sie Dindinho Photographien seiner Enkelin, und gelegentlich schrieb sie auch anderen Briefe. Aber wie gewöhnlich stand in diesen Briefen immer nur Heiteres und nichts von Bedeutung.
Irgendwie machte sehr viel später eine Geschichte die Runde in dem Urwaldort. Es hieß, Mariquinha habe ein Open-Air-Konzert für die Flüchtlinge des Krieges in Angola oder an irgendeinem anderen exotischen Ort gegeben, und genau bei Sonnenuntergang habe sie mitten in einem Volkslied abgebrochen, kurz geschwiegen und dann noch einmal ihren herrlichen Lobgesang an die Sonne gesungen. Es hieß, daß das fassungslose Publikum, als es wieder zu sich gekommen war, wie wild applaudiert habe und auf die Bühne gestürmt sei, die

Mariquinha in Tränen aufgelöst verlassen hatte. Und dies sei der wirkliche Grund dafür, daß sie aufgehört habe zu singen.
Vielleicht ist das so gewesen, aber vielleicht ist es auch nur ein Wunschgedanke. Wahrscheinlich ist es gar nicht wahr.

WAS WIR ALS LETZTES VON BOM JESUS HÖREN

Maria Fatima haßte Veränderungen, genauso wie die Kautschukzapfer. Manche Leute in Guajará fanden es wundervoll, die meisten hatten Angst davor. Vielleicht waren Veränderungen gut, wahrscheinlich jedoch nicht. Auf jeden Fall haßte sie es, südwärts gehen zu müssen. Über dem südlichen Horizont lagen immer ein weißer Rauchschleier und der Geruch nach Verbranntem, und jeden Tag schien er näher zu kommen und dichter zu werden. Zuerst dachte sie, der Rauch käme von den Arbeitern, die von Cruzeiro aus die neue Straße bauten, aber ihr Vater erklärte ihr, die neuen Siedler im

Nordeste, die Land für Farmen und Höfe rodeten, verursachten ihn. Das machte ihn etwas weniger bedrohlich. Bald, so sagten die Leute, kämen viele Menschen, um hier zu leben. Zwei Siedlerfamilien waren schon nach Guajará gezogen, und es waren nette Leute. Sie hatten Kinder in ihrem Alter. Aber sie vermißte Mariquinha, die schon weg war, in der Klosterschule. Am liebsten wäre sie auch in die Klosterschule nach Cruzeiro gegangen, oder noch besser wäre, Mariquinha käme zurück und würde dableiben.

An diesem Tag mußte Fatima den Weg in Richtung Süden gehen, weil das, laut Dindinho, die Richtung war, in die er Bom Jesus im Morgengrauen hatte laufen sehen.

An einer Kreuzung traf sie *seu* Bezerra, der eine riesige Ladung Zuckerrohr auf seinem Rücken trug. Er freute sich, Fatima zu treffen. Es war eine Erleichterung, die schwere Last zu Boden gleiten zu lassen und sich einen Augenblick auszuruhen.

»*Seu* Bezerra?« fragte sie. »Hast du Bom Jesus gesehen?«

»Nein, *moçinha*, ich habe ihn nicht gesehen. Doch warte, ich habe ihn doch gesehen. Er ist in Richtung von Dona Santas Haus gelaufen.«

Seu Bezerra schlug ein Stück Zuckerrohr mit seiner Machete ab und gab es ihr. »Das hier ist besonders saftig«, sagte er.

Lächelnd nahm sie es entgegen, sagte »*obrigada*« und ließ ihn dann mit seiner Last allein.
Es war ein herrlicher Morgen. Die Wildblumen winkten ihr zu, als sie an ihnen vorbeiging, und alle Tiere und Menschen grüßten sie. Sie machten sich keine Gedanken über den Rauch im Süden. Sie wollte das jetzt auch nicht mehr. Und das Zuckerrohr war süß und saftig.
Fatima konnte Dona Santa durch das Fenster sehen. Sie wusch gerade Geschirr ab.
»Dona Santa, hast du Bom Jesus gesehen?«
»Ja, das habe ich, *menina*. Er ist hier drin und hält ein Schläfchen. Komm herein und iß die *farofa* auf. Heute früh sind alle so eilig aus dem Haus gegangen.«
Fatima trat ins Haus und setzte sich an den Tisch. Dona Santa stellte einen Teller mit warmer, mehliger *farofa*, mit Schweinefleisch gebraten, vor sie hin, und Bom Jesus sprang auf ihren Schoß.
Zwischen zwei Bissen fragte Fatima: »Dona Santa, glaubst du, der *curandeiro* wird wieder gesund«
»Nein, *menina*. Ich glaube es nicht. Er ist sehr krank und sehr alt.«
»Ich glaube, Bom Jesus und ich gehen ihn jetzt besuchen«, sagte Fatima.
»Wirklich? Genau das wollte ich auch tun. Ich habe gerade einen Topf Fischsuppe für ihn zurechtgemacht. Kannst du ihn für mich mitnehmen? Er ist nicht schwer.«

»Das mache ich gern. Ich wollte ihm auch etwas mitnehmen, aber ich wußte nicht, was er braucht.« Dona Santa segnete sie, als sie mit Bom Jesus das Haus verließ. Jetzt mußte sie Richtung Norden gehen. Der Himmel vor ihr war blau und wolkenlos, voller Singvögel.

Noch einmal wurde sie aufgehalten – dieses Mal von Moacyr Velho, der ihr vom Eingang seiner *botequim* aus zurief und fragte, ob sie und Bom Jesus etwas von dem Ingwerbier probieren wollten, das er frisch gebraut hatte. Sie blieben eine Weile stehen, aber dann rannte Bom Jesus ein Stück den Weg entlang, blieb stehen und blickte zu ihr zurück, um ihr mitzuteilen, daß es an der Zeit sei zu gehen.

Als Fatima in das alte Haus des *curandeiro* trat, fiel ihr auf, daß jemand, wahrscheinlich Zé Maia, die wackeligen Stufen durch feste, neue Holzstufen ersetzt hatte. Im Dach waren zahlreiche Löcher, und es bog sich nach innen, aber sie wußte, daß später an diesem Tag Dindinho und Edison Graça ein neues bauen wollten. Der *curandeiro* hatte sich immer um die Dorfbewohner gekümmert, wenn sie ihn gebraucht hatten – jetzt waren sie an der Reihe, sich um ihn zu kümmern.

Durch die Türen und Fenster und das durchlöcherte Dach drang das Sonnenlicht des frühen Morgens in das Haus. Das Zimmer war hell und warm. Unter dem Bett jedoch, in dem der *curandeiro* lag, in den Schatten, lauerte die Dunkelheit. Fatima sah das und blickte weg. Sie blickte in die Augen des *curandeiro* und sah die gleiche Dunkelheit. Daher blickte sie auf sein Stoppelkinn, als er sprach.

»Fatima«, sagte er, »wie schön, ich habe gerade an dich gedacht.«

»Ich bringe dir Fischsuppe, die Dona Santa gemacht hat, und eine Flasche Ingwerbier von Moacyr Velho.«

»Komm, setz dich auf das Bett und bleib ein bißchen«, bat er.

Als Fatima zum Bett ging, tauchte Bom Jesus auf.

»Mein Lieblingskater«, sagte der alte Mann und streichelte mit schwachen Händen sein Fell.

Fatima lachte. »Er *muß* dein Lieblingskater sein, weil er der einzige in Guajará ist.«

Der *curandeiro* lächelte. »Du hast recht. Katzen bleiben normalerweise nicht lange hier. Aber es ist trotzdem mein Liebling.«

»*Seu* Estevão«, fragte Fatima, »kann ich irgend etwas für dich tun?«

»Nein, *menina*. Es ist schön, daß du mich besuchst. Fatima, warum siehst du mich nicht an?«

Sie drehte sich um und sah ihm noch einmal in die Augen, wandte aber rasch den Kopf wieder ab.

»*Queridinha*, du mußt nicht weinen. Ich verstehe dich. Ich weiß, was du siehst. Ich bin sehr alt, und du bist noch sehr jung, aber wir ähneln uns sehr. Wir wissen, wenn einer glücklich ist, und wir kön-

nen sehen, wenn Menschen im Inneren verletzt sind. Wir wissen, wenn eine Frau ein Baby bekommen wird, wir wissen es sogar noch vor ihr, und wir wissen, wenn alte Menschen . . .« Er schwieg, dann fuhr er fort: »O Fatima, du wärest eine gute *curandeira* geworden.«
»Glaubst du, *seu* Estevão? Bitte bring es mir bei. Ich kenne schon die Namen aller Bäume und Pflanzen, aber ich weiß nicht, wie man Medizin daraus macht. Du kannst mir sagen, wie es geht. Wenn du . . . wenn du gegangen bist, ist gar keiner mehr da.«
»Von allen Menschen im Ort«, sagte er traurig, »wären nur zwei gute *curandeiros* geworden. *Seu* Adão, aber der wollte nicht, und du. Aber du bist noch so jung, und du weißt noch nicht, wie unglücklich es dich machen würde.«
Er legte seine dünne, schwielige Hand auf ihre Stirn.
»Bald wird ein Arzt nach Guajará kommen«, sagte er.
»Ich weiß«, antwortete sie.
»Du könntest seine Assistentin werden.«
»Ich werde seine Assistentin werden, aber ich kann auch eine *curandeira* sein.«
»Vermutlich«, sagte er. »Es kann nicht schaden, wenn ich dir etwas über Kräuter beibringe, und wie man Heilmittel daraus herstellt. Geh nach Hause und frag deinen Vater und deine Mutter. Wenn sie es nicht wollen, kann ich es nicht gegen ihren Wil-

len tun. Wenn sie einverstanden sind, dann möchte ich, daß du zunächst einmal nachdenkst – sehr gründlich über die Konsequenzen nachdenkst. Man wird dich Tag und Nacht rufen, und du wirst die Menschen – deine Freunde – sehr krank oder sterbend sehen, und du wirst dich schuldig fühlen, weil du ihnen nicht helfen kannst. Du wirst unglücklich sein. Denk sehr gründlich nach. Und wenn du dann immer noch lernen willst, komm in zwei Wochen zurück.«

»Zwei Wochen!«

»Sieh mich an, Fatima.« Sie sah ihn an. Sein Gesicht war zwar bleich und eingefallen, aber die Dunkelheit in seinen Augen war verschwunden. »Ich werde hier sein«, lächelte er.

»Du wirst hier sein«, wiederholte sie staunend.

Danach stand Fatima draußen vor dem Haus des *curandeiro* und dachte über das nach, was er gesagt hatte. Bom Jesus wartete eine Zeitlang mit ihr, dann lief er den Pfad in den Dschungel entlang. Natürlich ging Fatima ihm nach. Für sie war Bom Jesus nicht nur ein Freund, sondern auch ein Wächter. Fatima, die noch ein Kind war, aber an der Schwelle zur Frau, ging für ihr Leben gern durch den Urwald. Etwas Undenkbares. Etwas, das man *Mamãe* und *Papai* mit all der Verschwiegenheit, derer sie fähig war, verheimlichen mußte. Unzählige Male schon war sie vor riesigen Boa Constrictors, Buschmeistern und raubgierigen Jaguaren gewarnt

worden. Nur Männer konnten solch einen Ort lieben.
Aber wenn Bom Jesus bei ihr war, fühlte sie sich so sicher, als schliefe sie in ihrem Bett. Er zeigte ihr alle verborgenen Pfade und Wildwechsel. Fatima lernte genausogut wie jeder Jäger, ihren Heimweg zu finden. Sie lernte, daß man sich im Urwald kaum Sorgen wegen Giftschlangen machen muß. Man sieht sie nur selten. Boa Constrictors konnte man streicheln, wenn sie klein waren, und waren sie groß, ging man darum herum. Pumas, Jaguare und andere gefährliche Raubtiere, nun ja, solange Bom Jesus bei ihr war, würden sie sich nicht trauen, ihr etwas zu tun.
Und sie trauten sich auch nicht. Bei verschiedenen geheimnisvollen Gelegenheiten stürzte Bom Jesus knurrend und mit hochaufgestelltem gescheckten Fell in irgendein raschelndes Gebüsch und jagte schnell einen nie gesehenen Feind davon. Das passierte allerdings in der Tat nur sehr selten. Meistens spazierten sie nur endlose Stunden herum und bewunderten die grüne Lieblichkeit, die sie umgab. Sie sagen, Ihnen kommt der Dschungel vor wie eine grüne Hölle? Ja, wenn Sie durch unzugängliche Sümpfe waten oder sich Ihren Weg durch niedriges Dickicht erkämpfen. Eine grüne Hölle, der Urwald? Nein. Nicht, wenn Sie Fatima und Bom Jesus ähnlich sind. Sie verbrachten eine herrliche Zeit in dieser verlorenen Welt des Grüns, des

allgegenwärtigen, allmächtigen Grüns. Es gab so viele Wunder zu betrachten. Von Zeit zu Zeit suchte sich ein heller Sonnenstrahl, der den Dschungelstaub tanzen ließ, seinen Weg durch den Schatten der Bäume. Schillernde Schmetterlinge und kleine Vögel schossen hindurch, als lachten sie dem Tod, der in diesen Schatten lauerte, ins Gesicht. Im Hochdschungel hungerte der Boden nach Sonnenlicht, er haßte die gierigen Bäume, die es fernhielten. Er war verkümmert. Und man konnte so leicht über ihn hinweglaufen wie über kurzgehaltenes Weideland.

Wie oft, wie endlos oft hatten Fatima und Bom Jesus sich auf bemoosten, umgestürzten Baumstämmen ausgeruht und die riesigen, blauen Moskitos gezählt, die von jedem leichten Lufthauch erfaßt und weitergetragen wurden, wie Löwenzahnsamen, Irrlichter? Wie viele Familien ringelschwänziger, spitzschnauziger Nasenbären hatten sie heimlich beobachtet, wenn sie auf ihren verborgenen Pfaden herumwühlten und -tollten? Und diese lärmenden, neugierigen Affen hoch über ihnen – winzige, schwarze, die aussahen wie menschenähnliche Pelzknäuel; Klammeraffen, die dünnen, langgliedrigen Tanzmeister der Bäume; und manchmal eine Gruppe von Brüllaffen, die so herrlich angsteinflößendes Gebrüll von sich gaben. O ja, und die Papageien – rauhe, unordentliche Gesellen.

Weit weg von den *piuns*, von den heißen, staubigen,

schlammigen, floh-, fliegen-, mücken- und moskitogeplagten Ufern des Flusses kühlte der fast unmerkliche Wind – sanft geblasen von den unsichtbaren Waldnymphen – auf magische, verführerische Weise.
Am meisten jedoch zählte das dunstige Smaragdgrün, in das Fatimas und Bom Jesus' Welt eingehüllt war. Grün. Grüner als Vater O'Malleys Augen. Grüner als ... es gibt kein Wort dafür. Einfach ewig grün. Eine Farbe des Regenbogens, die einen mit ihren Liedern verhexte.
Zeiten ohne Ende.
Und doch müssen sie enden. Enden, wie es alle Dinge traurigerweise tun.

Weiß der Morgen um Dinge? Kann er empfinden? Dieser Morgen muß es gekonnt haben.
Die geweihten alten Bäume lächelten Fatima und Bom Jesus freundlich zu. Die schillernden Schmetterlinge tanzten ihren fröhlichsten Tanz. Die Sonnenstrahlen strahlten so hell sie konnten.
Etwas jedoch war anders. Die Stille. Keine lärmenden Papageien, Affen oder Nasenbären. Kein winziges, nervöses Wild. Keine Mäuse. Kein Lärm. Stille, ein Vorbote. Die Echos fallender Blätter.
Denn der traurige Freund des grünen Waldes, der Tod, ging vorbei.
Dort stand er vor den zwei Gefährten.
In seiner ganzen schönen, hungrigen Majestät stand

dort eine vielgefürchtete Kreatur. Jaguar war sein Name. Gefleckt, mit glattem Fell, Muskeln von grausamer Kraft, mit hungrigem Magen.
Fatima war zu Tode erschrocken und erinnerte sich später kaum noch an das, was dann geschah. Als sich die Muskeln des Jaguars zu einem todbringenden Sprung spannten, sträubten sich Bom Jesus' Haare. Er geriet außer sich angesichts des Schicksals, das Fatima, seine Freundin mit den rabenschwarzen Haaren, erwartete. Er griff den Jaguar an.
Das große Beutetier, für gewöhnlich kein Feigling, wußte genau, daß es dieses absurde Etwas von angreifendem, heulenden Pelz mit einem einzigen Bissen zermalmen konnte. Und doch wußte er irgendwie auch, daß der Preis dafür möglicherweise hoch war. Vielleicht fürchtete er sich auch vor dem Wahnsinn, den er in den schmalen blauen Augen sah. Er drehte sich um und rannte in die andere Richtung.
Bom Jesus und der Jaguar verschwanden für immer. Wenn einer dazu neigt, solche Dinge rational zu betrachten, würde er vielleicht annehmen, daß Bom Jesus sich verirrt hat, sich jetzt von köstlichen Vögeln ernährt und sein grünes Heim erforscht. Vielleicht.
Fatima rief und suchte ihn bis zum Einbruch der Nacht. Nur der verzauberte Wald hörte sie. Bom Jesus antwortete nicht mehr.

Schließlich sank sie schluchzend an einem Dschungelbach nieder. Dort fand sie Paulo Moraes. Er nahm sie bei der Hand und brachte sie nach Hause. Das ist das letzte, was wir je von Bom Jesus gehört haben.

Titel der amerikanischen Originalausgabe: The Village of Bom Jesus. Originalverlag: Algonquin Books of Chapel Hill, a division of Workman Publishing Company, Inc., New York. Übersetzt von Sabine Steinberg. Copyright © 1993 by Lloyd E. Hill.

Illustrationen: David Watts

Die Deutsche Bibliothek – CIP-Einheitsaufnahme

Hill, Lloyd E.: Der Kater, der aus dem Dschungel kam: Roman/ Lloyd E. Hill. Aus dem Amerikan. von Sabine Steinberg. – Düsseldorf; Wien; New York; Moskau: ECON Verl. 1994. ISBN 3-430-14609-7.

Lektorat: Marion Grunert. Gesetzt aus der Baskerville, Berthold. Satz: Dörlemann-Satz, Lemförde. Papier: Papierfabrik Schleipen GmbH, Bad Dürkheim. Druck und Bindearbeiten: F. Pustet, Regensburg. Printed in Germany. ISBN 3-430-14609-7.